COMTE SURPRISE

COURS COMPLIQUÉES
TOME DEUX

EBONY OATEN

ebook ISBN: 978-1-923735-01-9

print ISBN: 978-1-923735-02-6

Ebony Oaten

Box 2160 Rangeview 3132

Victoria Australia

COMTE SURPRISE

Pour lady Anne Penge, un héritage tombé du ciel est un rêve devenu réalité, qui lui ouvre les portes de la brillante société londonienne et lui promet un beau mariage.

Sa nouvelle vie, pourtant, repose sur une revendication contestée, et un ennemi mystérieux, connu seulement sous l'initiale « T », est déterminé à voir sa famille déchue.

Les lettres de menace sont une distraction troublante au milieu de la cour empressée de beaux comtes, un sombre secret tapis sous l'éclat de la Saison.

CHAPITRE UN

Angleterre

Décembre 1818

La maison était sens dessus dessous trois minutes à peine après que Papa a adressé un jovial adieu au greffier de la Cour de la Prerogative de Cantorbéry. Leur domestique de confiance, majordome, valet de pied et factotum, Michaels, a à peine refermé la porte d'entrée que Maman s'est écriée :

— Ça y est, mes chéris ! Mon très cher Monsieur Sloane, écuyer, est désormais le sixième comte de Penge ! La Cour de la Prerogative de Cantorbéry a statué en notre faveur, enfin, en sa faveur !

George et Anne Sloane ont posé leur lecture à la demande de leur mère surexcitée.

George a lancé à Anne un sourcil levé, et elle lui a rendu un haussement d'épaules. La compréhension d'Anne avançait plus lentement que le miel en hiver, tant le choc était grand.

Depuis que le cinquième comte de Penge est mort, sans

héritier direct, Anne n'osait pas trop espérer que la couronne finirait par échoir à leur père dans leur petit coin de Nettlebury.

À leur stupeur mêlée de joie, Papa, cousin issu de germains, a été déclaré le plus proche parent mâle vivant du comte, et donc l'héritier.

— Je vais devenir l'épouse d'un comte ! a dit Maman.

— En effet, ma comtesse, Mme Sloane, a dit Papa en quittant le calme de son bureau pour l'agitation de la salle du matin. Il avait plusieurs lettres à la main, que le greffier a dû lui remettre. Il a tendu un feuillet à Anne. — Tenez, lady Anne, ceci est arrivé pour vous.

Un frisson lui a parcouru les membres d'entendre son père s'adresser à elle ainsi. En prenant la lettre, Anne a vu qu'elle était bien adressée directement à lady Anne.

— Bon sang, c'est bien rapide. Est-ce une plaisanterie de mon cher frère, lord George ? a dit Anne en lui lançant un rapide coup d'œil.

Son expression impassible n'indiquait aucune supercherie. De toute évidence, ce n'était pas lui.

Souriante, elle a brisé le sceau, qui lui était inconnu. Il s'est détaché en trois cassures nettes et elle les a replacées sur une table d'appoint, à côté de son livre. Elle aimait collectionner les sceaux et garder l'empreinte intacte, car elle recevait si rarement des lettres qui lui étaient directement adressées.

— Lis donc, lady Anne, a dit Maman, les yeux ronds d'impatience.

— « Ma très chère lady Anne, félicitations pour votre récente bonne fortune », a commencé Anne.

— C'est ravissant ! s'est exclamée Maman.

— Oh là là..., a dit Anne en lisant plus loin. Le ton changeait brutalement par rapport à l'ouverture.

— Qu'y a-t-il ? a demandé Maman.

— Il est écrit : « Je solliciterai votre main à la première occasion, afin de rattacher le siège familial de Penge à sa juste place dans la lignée. » Il a souligné le mot « familial » pour insister. Et puis : « Votre très humble serviteur », mais il n'y a pas de signature, seulement une lettre T.

— Montre-moi cela, a dit Maman en tendant la main vers Anne.

Celle-ci lui a remis le feuillet pour un examen plus poussé.

Maman a levé le papier à la lumière, comme si cela allait en révéler les secrets.

Anne a effleuré les trois morceaux du sceau, les replaçant comme s'ils étaient intacts. La cire portait l'image d'une plume recourbée au-dessus de la lettre T.

— Papa, quelles étaient les autres familles dans l'affaire ? Et laquelle avait la lettre T ? a demandé Anne.

Le presque-nouveau sixième comte de Penge réfléchissait.

— Il y avait un Thomas Thomas, et un Wilfred Thackeray. Oh, et une famille s'est retirée plus tôt, les Trentham.

— N'y avait-il pas aussi un Tormund ?, a ajouté George.

— Oh oui, lui aussi, William Tormund, a dit Papa.

Anne a soupiré.

— En d'autres termes, tous ?

— Oui, on dirait bien, a confirmé Papa.

— Petite sœur a un admirateur secret ! a taquiné George pour l'égayer.

— Plutôt un détracteur secret, pour être exacte, a dit Anne.

Le ton de la lettre impliquait qu'Anne n'avait pas son mot à dire, et que celui qui l'avait écrite se croyait encore le véritable comte.

Maman voyait déjà plus loin et a déclaré :

— Un comte qui distribue les messages à ses enfants, cela ne se peut pas. Nous allons engager aussitôt de nouveaux domestiques pour s'occuper des commissions et porter pour nous.

Papa a hoché la tête et a dit d'un ton solennel :

— Je vous accorde une journée pour vous livrer à vos emballements, comtesse de Penge, car je sais bien que cela vous travaille depuis la Semaine sainte. À partir de demain, toutefois, nous reprendrons notre vie comme si rien n'avait changé.

George a adressé à Anne un de ces regards secrets du genre « si seulement ! » que les frères et sœurs s'échangent souvent aux dépens de leurs parents.

— Monseigneur ! a dit Maman. Tout a changé ! Nous devrons nous rendre au siège familial à la première occasion et connaître notre héritage. Nettlebury convient peut-être à la famille d'un gentilhomme, mais un comte ne peut pas résider dans pareille médiocrité !

Anne a été bien contente de ne pas avoir une tasse de thé aux lèvres à cet instant, sans quoi elle en aurait aspergé sa robe de jour.

— Passons d'abord l'hiver et le nouvel an, a dit Papa. Nous voyagerons jusqu'à l'endroit où se trouve Penge quand le printemps rendra pareils trajets possibles.

— Comment pouvez-vous ainsi me contrarier ? Maman a secoué la tête à l'adresse de son époux. — Nous devons y aller sur-le-champ ! Lord George est désormais votre héritier, et lui aussi doit connaître les usages d'un futur comte, et lady Anne doit avoir de nouvelles robes pour la Saison !

— Une Saison ? Des étincelles d'excitation ont parcouru Anne à cette perspective. Elle allait faire sa Saison ! Tout cela lui paraissait si grandiose et merveilleux.

Papa a jeté un coup d'œil par les fenêtres vers l'extérieur.

— Il neige assez pour réchauffer le cœur d'un ours polaire. Je ne sortirai pas là-dedans pour attraper la mort. Je viens tout juste de devenir comte ; je pense que je vais apprécier ce statut encore un bon moment.

Maman s'est tournée vers ses enfants presque adultes.

— George, Anne, nos vies ont irrévocablement changé pour le mieux, et cela signifie que nous devons devenir de meilleures personnes. Anne, tu dois prendre des cours de maintien et de danse pour que ta Saison, l'an prochain, soit un triomphe !

George — lord George — a pouffé dans sa main.

Anne a plissé les yeux vers lui en représailles.

— Et toi, lord George, mon petit prince, tu auras la même chose, comme il sied au fils d'un comte qui perpétuera un jour les traditions familiales !

À son tour, Anne a ricané derrière sa main.

La posture de George s'est affaissée.

— Quelles traditions familiales ?

Maman a posé les poings sur les hanches avec détermination.

— Les traditions des Penge ! Puis, plus bas : — Quelles qu'elles soient.

Penser qu'au réveil, ce matin même, Anne n'était encore que Mlle Anne Sloane, fille de gentilhomme. Il y a à peine une heure, elle est devenue la très honorable lady Anne de Penge, et elle a reçu sa première — quoique terriblement abrupte et déroutante — demande en mariage !

CHAPITRE DEUX

Février 1819

Ce n'était pas le célèbre Almack's qu'elles fréquentaient cet après-midi morose de fin d'hiver, mais quelque chose qui s'en approchait. Peut-être, une fois la Saison proprement dite commencée, elles comptaient se rendre dans cette illustre demeure.

Aujourd'hui, elles se sont installées dans un délicieux établissement que Maman appelait « Presque Almack's », pour le service du dîner à quatre heures de l'après-midi. Quel bond elles ont fait dans le monde : dîner dans un établissement aussi somptueux, quelques jours à peine après leur arrivée à Londres.

Des fleurs ornaient chaque table et chaque applique murale. De grandes urnes fleuries encadraient chaque porte ; leurs effluves capiteux se mêlaient à de belles bougies de cire d'abeille. De vraies jonquilles apparaissaient dans de grands bols, avec des branches de saule tortueux qui donnaient l'illusion d'un jardin extérieur poussant à merveille à l'intérieur. De charmants crocus jaunes étaient également exposés, répondant au soleil des jonquilles. Ils flottaient dans de délicats bols d'eau, au milieu de chaque couvert.

Un serveur élégamment vêtu leur a apporté l'entrée de soupe, puis a remis un billet à Anne avec une révérence, et il est parti.

Maman a dévisagé le billet et a dit : — On dirait que tu as déjà fait impression sur quelqu'un ?

Anne a retourné le papier et a incliné le sceau de cire vers la lumière. Son estomac s'est noué quand elle a reconnu l'insigne qu'elle a déjà vu une fois. Une plume recourbée et la lettre T.

— Qui que ce soit, dit Anne en brisant le sceau, il sait que nous sommes ici.

Avant de lire la missive, elle a jeté un regard circulaire à la salle. De nombreuses tables étaient occupées, mais chaque groupe semblait absorbé par ses propres affaires. Personne ne regardait de leur côté ; certes, personne ne semblait guetter la réaction d'Anne devant la lettre qu'elle tenait.

Comme c'était étrange.

Elle s'apprêtait à demander au serveur qui lui avait remis cette lettre, mais l'homme s'est déjà éloigné en poussant son chariot de service. Il fallait crier pour le rappeler, et une petite voix, au fond de sa tête, disait que ce n'était pas convenable de crier à travers une salle remplie d'invités. Des invités qui pouvaient très bien tenir son sort pour la Saison — et donc son avenir — entre leurs mains.

La curiosité l'a emporté. Elle a brisé le sceau et a ouvert la lettre.

« Retrouvez-moi près de la statue de Vénus dans les jardins à quatre heures quinze. T »

Anne a plié le petit billet et l'a laissé retomber sur la table. — Franchement, c'est ridicule.

La frustration la rongeait comme un chien affamé sur un os. En regardant de nouveau autour d'elle, personne ne semblait faire attention à leur table. Les autres convives étaient bien trop occupés par leurs propres préoccupations.

Maman a repris le billet pour l'examiner, comme elle l'a fait à Nettlefield, quand la première lettre est arrivée de ce mystérieux T. En écho à ce moment-là, Maman a levé le papier à la lumière. Même résultat : le papier ne révélait aucun filigrane ni aucun signe distinctif. Anne a cherché une horloge du regard et a constaté qu'il était déjà quatre heures dix. — Qui que ce soit, il se montre bien juste : plus que cinq minutes.

Maman a glissé le billet dans son réticule. — C'est des plus agaçant. J'irai à ta place et je dirai deux mots à ce fabricant de billets.

Les mots « Non, Mère » étaient sur les lèvres d'Anne. Trop tard, Lady Penge s'est levée et a rajusté son châle, prête à faire la guerre aux éléments dehors et à ce donneur de billets fantôme.

Anne ne savait pas s'il fallait suivre ou rester. Si elle suivait, allaient-elles perdre leurs places ? Leurs billets indiquaient qu'il fallait être assises à quatre heures, mais elle ne savait pas si cela voulait dire qu'elles pouvaient se lever avant la fin du repas. (Il y avait tant de nouvelles règles qu'elle essayait désespérément de mémoriser !)

Maman est partie de toute façon, donc il valait mieux qu'elle reste à table. Après tout, si elle restait, l'expéditeur du billet pouvait très bien se montrer lui-même.

Avec une gorgée de soupe chaude, Anne s'est sentie quelque peu ragaillardie. C'était un délicieux potage. Épais et crémeux, un mélange de coquillages d'une sorte, avec des herbes puissantes et une pointe de poivre. La soupe est aussi arrivée avec une assiette de gaufrettes. Elle en a porté une à ses lèvres, puis s'est arrêtée net en voyant une cliente, de l'autre côté de la salle, casser son biscuit dans sa soupe. Bon sang, fallait-il qu'elle fasse de même ? Ne voyant pas d'autres exemples, elle a reposé la gaufrette sur sa soucoupe et y a renoncé. Elle ne risquait pas de mourir de faim sans cela, et elle ne voulait pas se ridiculiser en la mangeant de travers.

Ajustant la serviette sur ses genoux, Anne s'émerveillait de voir comme sa vie changeait depuis qu'elle est arrivée à Londres. Sa nouvelle robe d'après-midi chez la modiste est revenue à une somme à faire pleurer, pourtant Maman n'a montré aucune inquiétude pour le paiement. Elles avaient quelque chose qu'on appelait un compte, et la modiste a simplement hoché la tête, a souri, et elles sont reparties.

Le comté devait s'accompagner d'une fortune considérable, ce qui expliquait pourquoi tant de familles ont contesté le testament.

Pour Anne, la vie est devenue une succession de portes qui s'ouvraient et d'occasions toutes fraîches. Maman a promis à Anne que, bientôt, il y aurait des hommes — beaux, beaux et titrés — qui allaient vouloir danser avec elle.

Le serveur qui a remis le billet est revenu avec son chariot et des théières toutes fraîches. Il a posé silencieusement une théière sur le guéridon d'Anne et s'est apprêté à repartir.

— Pardonnez-moi, jeune homme. Pourriez-vous me dire le nom du monsieur qui vous a remis la lettre que vous m'avez apportée tout à l'heure ?

— Je suis terriblement désolé, Milady, elle se trouvait sur un plateau de correspondance générale à distribuer aux invités. Je n'ai pas vu qui l'a apportée.

— Il y a un plateau pour la correspondance ? a demandé Anne.

— Oui, Milady, on envoie régulièrement des messagers ici pour remettre et récupérer des billets et autres. Souhaitez-vous laisser un mot pour quelqu'un ? Je peux aller chercher du papier et un sceau ?

Mais à qui pouvait-elle bien l'adresser ? Elle n'avait qu'une initiale. Le serveur se montrait serviable, pourtant. Elle jugeait dommage de lui refuser l'occasion de rendre service. Il semblait vraiment vouloir aider. Et il avait une si jolie voix, un léger roulis plein de charme.

Maman est rentrée et a regardé l'heure. Il était maintenant quatre heures vingt-cinq.

— Des nouvelles ? a demandé Anne.

Maman a laissé le serveur reculer sa chaise pour qu'elle reprenne sa place à table. — S'il t'attendait, il s'est certaine-ment éclipsé quand c'est moi qui suis apparue.

Comme c'est agaçant. « As-tu vu quelqu'un ? »

— Pas une âme, a-t-elle soufflé, contrariée.

Le serveur lui a versé une tasse de thé toute neuve.

Maman a dit : — Et un petit quelque chose en plus, si vous avez.

Les yeux d'Anne se sont arrondis devant l'audace de la demande de Maman.

Le serveur a pris cela comme si de rien n'était. — Bien sûr, Milady, a-t-il répondu. Il s'est incliné humblement et a poussé son chariot. — Je reviens dans un instant.

— Maman, il y a trop de monde ici, a-t-elle chuchoté en sifflant presque.

— C'est médicinal, a dit Maman. Il faisait un froid à périr dehors. Je ne pouvais pas rester une seconde de plus.

Le serveur est revenu avec un plateau d'argent, où se trouvait une tasse posée sur une soucoupe. Quand il a déposé la tasse, le contenu avait l'air d'un thé noir pâle. Il a gardé une voix basse et discrète. — Un peu de cognac, Milady. Ça vous réchauffera après les éléments.

Anne a souri au serveur et l'a remercié.

Un homme charmant et séduisant qui, avec de meilleurs vêtements, paraissait tout à fait à sa place dans les assemblées où elle allait bientôt se rendre.

— Et pour vous, Milady, a-t-il ajouté en tendant à Anne un petit feuillet et un crayon court. — Au cas où.

— Je vous remercie, a dit Anne, qui a accepté les deux et les a posés sur la table. Elle n'écrivait pas tant qu'elle avait un public, mais tout de même, cela pouvait être utile. Ce serveur pouvait se révéler utile.

Il les a laissées à leur repas. Maman a siroté son « thé » lentement et a fermé les yeux. — Voilà qui fait du bien.

— Il n'y avait vraiment personne dehors ? a demandé Anne.

— J'ai bien peur que non. Il devait être placé de manière à voir que c'était moi et non toi qui étais dans le jardin.

— Comme c'est contrariant, a-t-elle approuvé.

— Tout n'est pas perdu, a dit Maman en reportant son attention sur son potage. Elle a pris une des gaufrettes et l'a trempée dans le bol, puis l'a portée à ses lèvres. Ciel, Anne n'avait pas songé à la manger ainsi. Et elle n'avait vu personne le faire, d'ailleurs.

Maman a fermé les yeux. — Oh oui, cela fera très bien. Je me demande si ce serveur cherche une nouvelle place ? Il nous manque un laquais au sein du personnel. Il est assez grand et beau pour le rôle, et il est fort attentionné.

CHAPITRE TROIS

Avril 1819

Trois bals merveilleusement étourdissants plus tard, Anne et Maman étaient assises dans le salon de réception de Penge House, dans le quartier de St James's, près du parc et bien à l'écart de l'odeur de la Tamise. Non qu'Anne sentît grand-chose au fil de ses promenades matinales. Mais apparemment, avec l'été qui s'installait, elle finirait par la sentir. À condition que la famille ne se retire pas dans son « domaine d'été », ce qui, à la surprise d'Anne, semblait être chose commune à toutes les familles. Elle avait encore tant à apprendre.

Papa n'était guère présent ces jours-ci, avec la session du Parlement et son entrée récente au club Whigamore. Entrer dans un club était apparemment une nécessité pour tout gentleman.

Son frère George n'était guère là non plus. Il a aussi rejoint un club qui gardait des horaires à l'opposé des siens. Il dormait toute la journée et sortait vers minuit pour souper et... faire tout ce que faisaient les fils de comtes à Londres.

La famille vivait au rez-de-chaussée et au premier. Les cuisines étaient à l'arrière et d'autres étages de chambres se trouvaient au-dessus. Anne entendait dire qu'il y avait aussi des pièces « en bas », bien qu'elle n'y allait jamais.

Le dernier arrivé parmi leurs domestiques — le serveur de l'Almost-Almack's, devenu leur laquais — a apporté le plateau des cartes de visite et de la correspondance de l'après-midi.

— Merci, Fetch, a dit Maman. Ils l'appelaient désormais Fetch, puisque c'était, à les entendre, la description même de sa fonction.

Il y avait beaucoup de cartes de visite à examiner, dont deux du second comte de Linford.

— Peut-être qu'elles se sont collées et qu'il ne comptait en remettre qu'une ?, a dit Anne en songeant.

— Peut-être est-il doublement empressé de te courtiser ?, a dit Maman, les yeux brillants.

Anne a secoué la tête. — Maman, pour être honnête, Linford est assez loin dans ma liste de prétendants préférés. Il n'est, comme on dit, qu'un tout nouveau comte.

Maman a reniflé. — Mon Dieu, comme tu as vite pris l'habitude de te comporter comme si tu étais née fille de comte, toi aussi !

— Allons, Maman, c'est vous qui avez dit qu'il n'était pas aussi convenable que certains autres.

Maman a sonné, et Fetch est entré dans la pièce. — Du thé frais, Fetch, a-t-elle ordonné.

Il a hoché la tête et est parti vers les cuisines pour prévenir le personnel.

Maman a posé son regard sur Anne et a dit : — C'est vrai, et tu ferais bien de viser une famille plus établie. Linford est un héros galant, ne t'y trompe pas, il s'est magnifiquement acquitté de son devoir sur le continent.

— En effet, a murmuré Anne, tandis que Fetch faisait entrer la femme de chambre avec le thé tout frais. Elle est partie et il leur a versé une tasse à chacune.

Maman a dit : — Il a cédé un honneur royal à son père malade, afin que celui-ci devienne le second comte, ce qui donne d'emblée l'illusion d'une lignée plus longue.

— Eh bien, présenté ainsi, il a au moins gagné son rang. Le nôtre nous est tombé du ciel.

— Balivernes, ma chérie, les tribunaux ont déclaré qu'il devait revenir à ton père, et c'est une lignée longue et distinguée !

— Oui, Maman.

Maman a siroté son thé, puis a fouillé parmi les cartes. — Oh, le marquis Blithe ! Voilà un fort galant personnage !

— Oh non, je vous en prie, Maman, quand il me parle, je ne peux plus respirer. On dirait que de petites créatures ont rendu l'âme entre ses dents.

— Enfant ingrate !, a dit Maman. Je reconnais toutefois que son haleine empeste. On n'y peut rien, je suppose. Oh, regarde, le comte de Dabney a laissé une carte !

Une douce chaleur s'est répandue dans la poitrine d'Anne, et ce n'était pas à cause du thé qu'elle sirotait. — C'est le combientième comte ?

— Le quatrième, je pense, ou tout au moins le troisième.

— N'a-t-il pas été valeureux sur le continent contre Bonaparte, lui aussi ?

Maman s'est éventée avec la carte de Dabney et a fait une moue. — Je crois que tu pourrais avoir raison.

— Alors pourquoi un troisième comte est-il acceptable, et un second ne l'est pas ?

Maman fouillait parmi les cartes comme une poule qui gratte pour dénicher un ver. — C'est ainsi que cela se fait, tout simplement. Oh, regarde, une lettre ? Elle s'est éventée avec le papier, puis l'a retourné pour voir d'où elle venait. — Je crois bien que c'est encore ton admirateur secret !

Les mots « admirateur secret » ont déclenché chez Anne un frisson d'inquiétude. Ce n'était pas un soupirant à lui mettre le cœur en fête ; c'était plutôt un rappel préoccupant que leur bonne fortune avait dressé des inconnus contre eux.

Maman a tendu la lettre pour qu'Anne l'examine.

Le sceau ressemblait à ceux des autres missives de mauvais augure : une plume recourbée au-dessus de la lettre T. Anne a brisé le sceau du doigt sous le pli. Au lieu de se fendre en morceaux nets, il s'est émietté en éclats de cire, partout sur le tapis. Zut !

C'était le signe de quelque chose de plus inquiétant, tandis qu'Anne lisait la note à voix haute : — Je suis le véritable comte de Penge, vous avez volé ce qui est à moi.

— Comment ose-t-il !, a haleté Maman.

Debout près de la porte, Fetch, leur laquais, a toussé.

Anne a regardé leur pauvre laquais en difficulté. Son visage agréable paraissait pâle et misérable.

— Qui a remis cette note ?, a exigé Maman.

Fetch a toussé de nouveau et a dit : — Je n'ai pas vu, Milady.

— Mais enfin, vous avez forcément dû ! Maman n'a pas accepté son excuse.

— Pardonnez-moi. Je sortais de bonne heure, et quand je suis revenu, il y avait déjà plusieurs enveloppes, adressées à divers membres de la maisonnée, sous une pierre devant la porte.

— Sous une pierre ?, a fait Anne en clignant des yeux.

Fetch a raclé la gorge avec douceur. Il avait l'air si suppliant, comme si c'était là une terrible faute de sa part. Était-ce sa faute si d'autres ignoraient qu'il faut remettre une lettre à quel-qu'un plutôt que de la glisser sous une motte de terre ? — Je devais me tenir à la porte d'entrée, mais je crains qu'ils n'aient pas voulu être vus ; alors ils ont attendu que je sois parti pour les déposer sans être découverts.

Maman a secoué la tête. — Je ne veux plus de cela. Désor-mais, si des objets sont laissés devant la porte, on ne les rentre pas. Celui qui les dépose peut les remettre comme il sied à une personne convenable.

— Je ne crois pas qu'ils soient convenables, Maman. Pas avec un ton pareil, a ajouté Anne.

— Est-ce la même écriture que la dernière fois ?, a demandé Maman.

— Je ne peux pas en être sûre. J'ai encore l'autre dans ma chambre, je les comparerai. Je n'ai pas bien vu le sceau de cire, alors je ne peux pas être tout à fait certaine. Il s'est brisé autre-ment, mais ce peut être simplement une autre cire.

— Allons, ne nous tracassons pas pour ces enfantillages. Il faut te remonter le moral. Pourquoi ne t'achèterais-tu pas un nouveau bonnet ? Fetch, accompagne Lady Anne pour ses emplettes.

Fetch s'est incliné. — Oui, Milady.

Anne ne tenait pas particulièrement à un nouveau bonnet. Dans leur ancienne vie, avant que son père devienne comte, elle prenait l'un de ses vieux bonnets et le remaniait avec quelques points bien pensés. Peut-être défaisait-elle soigneusement un ruban d'une de ses vieilles jupes pour coudre ce même ruban sur les côtés du bonnet et en rafraîchir la mode.

— Donne ton ancien bonnet à Mme Browning, a ordonné Maman. Mme Browning était leur bonne à tout faire qui les avait suivis depuis Nettlebury. À présent, elle était la gouvernante de la maison et avait des subalternes sous ses ordres. À voir son expression ces jours-ci, on pouvait croire qu'elle allait devenir la prochaine princesse de Galles plutôt qu'une simple gouvernante.

Anne a réfléchi vite. — Je vais d'abord porter la lettre dans ma chambre, puis passer ma robe de promenade pour aller faire des emplettes.

Maman a rayonné. — Excellent.

Anne s'est précipitée à l'étage, sachant qu'elle éveillerait les soupçons si elle mettait trop de temps. Elle a troqué sa jupe pour une autre, plus adaptée à une promenade, puis a enfilé par-dessus une pelisse plus chaude. Au moins, elle était désormais présentable, en digne fille de comte, pour sortir. Profitant du peu de temps dont elle disposait, elle a comparé les lettres de son mystérieux scribe et a plissé la bouche de frustration. Cette lettre n'était pas écrite de la même main que les deux premières ! Sans aucun doute, c'étaient des personnes différentes. Feignaient-ils d'être la même personne ou s'agissait-il d'un autre homme déshérité réclamant que le titre de comte lui revienne ?

Comme c'était vexant !

Et aussi, comme c'était fatigant. La famille devrait profiter de sa récente ascension dans la bonne société, pas se demander qui lui envoyait d'étranges lettres.

Quand elle est revenue au salon de réception, Maman était assise là, à broder des monogrammes sur un mouchoir pour son mari.

— Maman, avant de partir, je me suis dit que je devais te montrer ceci. La lettre d'aujourd'hui est d'une autre main. On dirait que quelqu'un d'autre veut aussi l'héritage.

— Sans aucun doute, une main différente, a confirmé Maman. C'était plutôt amusant et divertissant de penser que tu avais peut-être un admirateur secret, mais à présent on dirait qu'une bande d'imposteurs veut nous nuire.

Fetch a toussoté. — Je resterai aux aguets près de la porte et j'appréhenderai quiconque dépose des billets.

Maman s'est tournée vers lui d'un regard sévère. — Bien. Et maintenant, vous allez accompagner Lady Anne pendant ses emplettes, et la protéger des avances importunes.

Fetch a hoché la tête. — Oui, Milady.

Si Fetch avait eu un moyen de regarder à l'intérieur de son propre corps, il aurait vu d'énormes nœuds dans ses intestins, des organes vitaux tordus, comme le foie et le cœur. Ses poumons seraient aussi plats que des soufflets inutilisés.

Cette ruse était censée être un moyen rapide d'arranger sa situation. La mère tapageuse et la fille charmante faisaient, au début, une cible facile.

Mais une fois qu'il les a rencontrées, il s'est rendu compte qu'elles étaient de vraies personnes. Il ne pouvait pas, en toute bonne conscience, aller au bout.

Alors, il a décidé d'arrêter. Juste après avoir remis la lettre au salon de thé. Il a enfilé l'uniforme du personnel et il est resté près de leur table pour observer. Sa bande attendait un peu plus bas dans la rue, prête à les détrousser.

Mais il s'est vite rendu compte qu'elles étaient de vraies personnes, et cela ne lui convenait pas. Surtout quand elles lui ont proposé un poste respectable dans la maison !

Il a tout annulé en leur disant qu'il travaillerait avec la famille, en transformant l'affaire en coup organisé de l'intérieur où ils gagneraient tous bien plus que quelques babioles prises à un comte fraîchement investi.

Il n'a pas écrit le dernier billet. Mais il avait une bonne idée de l'auteur. Il comptait garder un œil attentif sur Lady Anne et s'assurer qu'elle serait en sécurité pendant sa visite chez les commerçants.

Cette tâche ne lui déplaisait pas du tout.

Lady Anne s'était vraiment approprié son rôle de fille de comte. Ce train de vie lui convenait, et chaque jour il en devenait douloureusement plus conscient.

Si seulement son père l'avait reconnu à la naissance au lieu de le déclarer illégitime, rien de tout cela n'aurait eu besoin d'arriver !

Oui, continue de te le répéter, se dit-il. C'était une perte de bon sens que de se disputer avec soi-même pour se trouver des justifications à ses actions antérieures. La colère et l'orgueil avaient pris la décision à sa place. Et puis il avait trop bu avec ses vieux camarades des quais. Soudain, cette idée rancunière, aveuglée par la fougue, était devenue un plan abouti qu'il n'aurait pas pu arrêter, même s'il l'avait voulu.

— Prête quand vous le serez, Milady, a-t-il dit quand Lady Anne est apparue près de la porte.

Sa mère a dit : — À ce que je sais, les laquais sont faits pour être vus, pas entendus.

Il a fait une révérence polie de compréhension, n'ayant jamais été formé au métier de laquais. Tout cela était nouveau pour lui. Malgré tout, il n'aimait pas se tromper. Devait-il s'excuser ou se taire ?

— Bien, a dit Maman, comme si elle répondait à sa question muette. Puis elle a adressé son attention à Anne. — Reviens dans l'heure, ma chérie. Le temps est sombre et il risque de pleuvoir. Et s'il te faut autre chose, j'enverrai Mme Browning le chercher. Elle tenait un livre à la main et l'a levé. Son pouce était coincé entre les pages et elle l'a porté à ses yeux pour lire encore un peu. — Une lady ne doit acheter que des objets décoratifs tels que chapeaux, souliers, robes, rubans et autres. Si elle a besoin de denrées comestibles, elle doit envoyer son personnel de cuisine et ne pas se montrer à de telles tâches, de peur d'être prise pour la domesticité.

Fetch a eu envie de demander de qui venait un livre aussi extravagant, mais il a gardé ses pensées pour lui.

Le majordome a ouvert la porte et Lady Anne est sortie, Fetch gardant quelques pas d'écart derrière elle. Cela rendait la conversation impossible, bien sûr, c'est pourquoi il devait rester en retrait. Une fille de comte ne parlait pas en public à son laquais. Il n'avait pas besoin d'un livre hautain pour le lui dire. Il n'avait peut-être pas grandi comme fils de comte, avec tous les privilèges qui allaient avec, mais il savait comment la société fonctionnait.

Son propre père l'a déshérité dans un accès de dépit et il a été trop obstiné pour revenir dessus. Trop buté pour réparer. C'était un comte ! Les comtes ne s'excusaient pas !

— Fetch, avez-vous déjà été laquais ? a demandé Anne en tournant la tête vers lui.

— J'ai été bien des choses, mais pas laquais, a-t-il répondu en lui adressant un sourire facile. Il s'est arrêté pour conserver une distance entre eux.

Anne a eu l'air déçue par sa réponse et s'est rapprochée de lui. — J'espérais que vous en sauriez un peu plus sur la fonction, afin de m'aider dans la mienne. Vous voyez, mon père vient tout juste d'être investi comte.

— Je crois que le terme est « investi », n'est-ce pas ? a dit Fetch.

Anne a plissé la bouche. — C'est exactement pour cela que j'ai besoin de toute l'aide possible. Connaissez-vous bien la manière dont les comtes et leurs familles doivent se comporter ?

Fetch a inspiré lentement, puis a haussé les épaules. — Mon expérience de la manière dont les comtes se comportent n'est pas bonne, et j'espère vivement que ces expériences restent minoritaires.

Une voiture est arrivée en bringuebalant dans la rue.

À vive allure.

— Milady ! a appelé Fetch. Il s'est précipité pour la rejoindre, mais la voiture allait si vite.

Les chevaux s'emballaient.

Anne a poussé un cri, pétrifiée de peur.

— Écartez-vous ! a crié Fetch au cocher, les yeux fous.

Il a saisi Lady Anne et l'a tirée de force sur le côté, loin du danger. Sans mesurer sa propre force, il l'a tirée trop fort, trop vite, et elle est tombée contre lui dans un fouillis de buissons et de membres.

La voiture et son cocher terrifié ont filé devant eux, en les manquant d'un cheveu.

Elle a toussé et a bredouillé quelque chose sur la proximité du cheval.

— Êtes-vous blessée, Milady ? a demandé Fetch, tandis qu'il l'aidait à se remettre debout. Le contact de sa main dans la sienne a fait vaciller son pouls. Ils étaient en public, il était un laquais, il devait la lâcher. Retrouver son équilibre.

À contrecœur, il l'a relâchée.

En digne fille de comte, elle aurait dû le réprimander et exiger qu'il garde ses distances. Au lieu de cela, elle a posé les mains à la base de son cou.

— Vous m'avez sauvé la vie !

Les mots ne lui sont pas venus, seulement de la chaleur.

— Merci, a-t-elle dit. J'étais dans la lune et je ne faisais pas attention. Sans vous, j'aurais pu être piétinée à mort !

Il a forcé les mots à sortir pour remettre leur visite chez la modiste sur les rails. Ils ne devaient pas rester là à bavarder, même si elle le remerciait. Cela ne se faisait tout simplement pas. — Je n'ai pas réfléchi, j'ai seulement agi. J'espère que vous n'êtes pas blessée. Souhaitez-vous rentrer à la maison, et le majordome pourra faire venir un médecin ?

— Ça va. Simplement un peu secouée. Mère me houspillera parce que je rentre trop vite, ou quelque chose du genre. Je me trompe tout le temps. Où allions-nous ?

Il devait la ramener chez elle ; elle pouvait avoir un malaise et il devrait la porter, et cela répandrait plus de scandale que d'être simplement vu en train de parler ainsi avec son laquais. À la périphérie de son regard, une petite foule se rassemblait ; les gens faisaient des commentaires sur la voiture devenue incontrôlable.

— Je vous raccompagnerai chez vous, pour éviter d'autres désagréments, a-t-il réussi à dire.

— Non ! Son visage a rougi. — Je l'ai dit un peu trop fort. Je... je n'ai rien. Je tiens vraiment à honorer mon rendez-vous chez la modiste.

À ces mots, elle s'est tournée et elle a commencé à s'éloigner de lui.

— On tourne à gauche ici, a-t-il lancé.

La petite foule s'est dissipée et Anne a rectifié sa trajectoire pour prendre à gauche.

Fetch a serré les poings. C'était, tout bien considéré, un piètre valet de pied. Il aurait dû être plus attentif. Il aurait dû marcher devant elle et aurait vu l'attelage plus tôt. Il aurait alors pu héler le cocher et chasser les chevaux loin de Lady Anne. Il n'aurait pas eu besoin de la toucher, encore moins de la projeter de côté.

Mais s'il faisait un mauvais valet de pied, il savait à présent, avec une certitude absolue, qu'il faisait un maître-chanteur absolument déplorable.

Anne a pris à gauche sur l'indication de Fetch, la honte la brûlait. Son esprit tournait à toute allure tandis qu'elle s'efforçait de retrouver son aplomb. Mettre un pied devant l'autre semblait fonctionner, alors elle a continué ainsi. Pendant ce temps, son sang battait au rythme de sensations étranges.

Ce cheval était si près, elle aurait pu compter les moustaches autour de ses naseaux dilatés ! Puis l'élan soudain quand elle a volé de côté, dans les bras de Fetch et dans les buissons.

Portant la main à sa tête, elle a retiré une petite brindille.

Mieux valait ne pas se présenter chez la modiste comme si on l'avait tirée à rebours à travers un buisson.

Ralentissant l'allure, elle a lancé un coup d'œil en coin par-dessus son épaule et elle a vu que Fetch calait son pas sur le sien. Il a hoché la tête dans sa direction.

— Je passerai devant pour éviter tout autre incident, a-t-il dit.

Dieu merci, il n'a pas insisté pour la raccompagner chez elle. Maman aurait fait tout un plat. Et pour quoi ? Parce qu'elle ne faisait pas attention ? Anne pouvait très bien se sermonner elle-même pour cet écart ; elle n'avait pas besoin que Maman ajoute ses humeurs chagrines par-dessus le marché.

Elle remercierait Fetch comme il convient pour ses actes décisifs. Il lui a sauvé la vie. Elle en était certaine.

Il marchait à quelques pas devant, ce qui lui offrait une excellente vue de sa silhouette. Ses membres souples, ses épaules dessinées, la façon dont ses vrais cheveux dépassaient de sous sa perruque de valet de pied, encore un peu de travers après leur péripétie. Devait-elle faire une remarque ?

Non, il paraissait bien plus attachant avec ces mèches déplacées. Une mèche blond foncé qui bouclait aux pointes et effleurait son épaule. Elle ne dirait rien.

Il s'est retourné vers elle, le visage impénétrable.

— Pourquoi nous sommes-nous arrêtés ? a-t-elle demandé, en se plaçant à ses côtés.

Il a désigné de la main l'entrée d'une boutique.

— Oh ! a dit Anne, puis elle a ri derrière sa main. — La modiste. Ils sont arrivés devant l'échoppe qu'elle tenait tant à visiter. — Je devais encore être dans la lune.

La préoccupation a empli son regard.

— Vous êtes sûre que vous allez vraiment bien ?

Comment osait-il être aussi doux et soucieux à son égard. Il devrait être invisible, et pourtant elle ne pourrait plus jamais faire semblant qu'il n'existait pas, comme on doit traiter son personnel. Pas après aujourd'hui.

— Ça ira, a-t-elle dit en se détournant pour contempler les chapeaux visibles à travers la vitrine. — Je doute que des chevaux incontrôlables m'assaillent là-dedans.

Ils ne le pourraient pas, n'est-ce pas ?

— Je resterai ici, au cas où, a-t-il dit.

Le sourire qu'il lui a adressé a fait quelque chose d'étrange à ses côtes. Elle ne parvenait pas à le nommer. C'était léger, joyeux même, et elle savait donc que cela ne pouvait être que bon.

— Merci. Je me sens plus en sécurité en sachant que vous serez là à veiller sur moi.

Dire qu'elle se sentait en sécurité était encore ce qu'il y avait de plus prudent. Elle ne voulait rien avouer d'autre. Tout allait si vite et... dangereux.

Ce devait être tout simplement sa gratitude pour son service. Elle était toute chamboulée et elle a eu une terrible frayeur.

Peut-être aurait-il mieux valu rentrer, où elle aurait pu se retirer dans sa chambre et se pâmer en privé. À présent, elle devait perdre du temps dans une boutique de chapeaux, simplement pour prouver qu'elle pouvait respirer régulière-ment et rester debout après une telle péripétie.

— Milady, a-t-il dit en s'inclinant profondément.

Elle a hoché la tête et elle est entrée dans la boutique, se sentant en sécurité à l'idée qu'il ne serait qu'à quelques mètres, à veiller sur elle. Mais aussi, un frisson étrange s'est répandu en elle, sachant qu'il serait vraiment à quelques mètres, à veiller sur elle.

De toutes les choses qui lui sont arrivées depuis qu'elle est devenue la fille d'un comte, avoir un valet de pied comme Fetch devait être ce qu'il y a de mieux.

Quelle chance : il se trouvait chez Almost Amacks quand elle et Maman ont pris le thé cet après-midi-là, il y a à peine deux mois.

CHAPITRE QUATRE

Il a choisi le nom Fetch en partie comme une plaisanterie, mais cela jouait en sa faveur. Il décrivait bien ce qu'il faisait, mais il renvoyait à quelque chose de plus sombre. À l'époque où son père a hurlé : — Va me chercher un avocat, je veux qu'on sache que je n'ai pas de fils !

Son père a bel et bien fait venir l'avocat, et le jeune Fetch s'est retrouvé non seulement sans toit, mais sans nom. La partie « sans toit » ne le gênait pas tant : il y était habitué, mais il espérait depuis toujours que son père n'était pas un tyran complet. Que sa colère était un malentendu. Qu'on pouvait le raisonner et lui faire accepter les faits, même s'il ne souhaitait pas vraiment les accepter.

Si son père pouvait le voir à présent, il rirait avec dérision. Le fils déshérité d'un comte, qui vivote comme valet de pied.

Peut-être que son père souffrait d'accès de la même maladie que le roi endurait. Cela devait être la raison pour laquelle il a jeté la mère de Fetch dehors dans un accès de fièvre, puis l'a profondément regretté une fois la fièvre tombée.

Il ne pourrait jamais révéler sa honte secrète à la famille qui le protégeait à présent.

Que devait-il faire à partir d'ici ?

Avec prudence, bien sûr.

La pluie fraîche taquinait le vent.

La devanture de la modiste avait de minces avant-toits qui offraient peu de protection. Il devait rester dehors pendant que la dame qu'il accompagnait terminait ses achats, aussi est-il resté debout sur le trottoir. Il a ouvert son parapluie pour se couvrir la tête, au moment même où la bruine s'épaississait en averse. Fetch s'est décalé vers la boutique voisine, dont l'avancée abritait mieux des éléments, où il a pu fermer son parapluie et prendre moins de place.

Il enrageait encore à l'idée qu'en l'apprenant plus tôt, il aurait pu être le prochain comte. Avec les moyens d'engager sa propre équipe d'avocats, il aurait pu faire valoir ses droits.

Le destin se moquait de lui à présent : il se tenait là, vêtu de la livrée de Penge, ses souliers se remplissaient d'eau avec les éclaboussures sur le trottoir ; faisant partie de la famille sans en faire partie.

Un de l'intérieur, et pourtant un parfait étranger.

Il attendrait ici que sa maîtresse sorte de la modiste, puis il tiendrait son parapluie au-dessus de sa tête d'un bras tout en portant ses boîtes à chapeaux de l'autre. Ou bien il pourrait héler un fiacre, qui les garderait au sec.

Oui, le fiacre.

Il en a arrêté un d'un signe et a demandé au cocher d'attendre pendant que sa maîtresse terminait ses achats.

— Tarrington ? C'est vous ? a demandé le cocher.

Fetch a levé les yeux vers le visage du cocher et il l'a reconnu.

— Hartley ?

— Parbleu ! Tarrington, c'est bien vous ! a dit Hartley.

— C'est Fetch, à présent.

Le cocher a posé un doigt sur son nez.

— Votre secret est bien gardé avec moi, Fetch.

Il ne l'a pas dit, mais Fetch a entendu ce qui restait sous-entendu : « pour le bon prix ». Devait-il le renvoyer ? Il était sur le point de le faire quand Lady Anne est sortie de la boutique de chapeaux et lui a adressé un joyeux signe de la main.

— Parfait, vous avez trouvé un fiacre, a déclaré Anne.

Pas fameux.

— Avez-vous d'autres emplettes ? Nous pouvons renvoyer celui-ci.

— Dois-je acheter d'autres bonnets ? Trois ne suffisent pas ? Je ne suis pas sûre du bon nombre de bonnets.

Il a pris les boîtes à chapeaux pour qu'elle ait les mains libres.

— Milady, je vous prie de ne considérer en rien mes avis comme représentatifs. Je suis certain d'en savoir encore moins sur les bonnets — et à plus forte raison sur le nombre requis — que vous-même. Avec les conseils de votre mère et votre charme naturel, vous ne ferez jamais de faux pas.

Fallait-il qu'il paraisse si obséquieux ? Qu'est-ce qui n'allait pas chez lui ?

— Merci. Anne lui adressa un sourire rayonnant qui a réchauffé quelque chose en lui, malgré le froid. — Voilà qui est très rassurant.

Il a poussé un léger soupir de soulagement en se disant qu'il n'en a pas trop fait. De toute façon, les valets de pied étaient censés être charmants, il en était sûr. — Je suis ravi de vous être utile, a-t-il répondu.

— Vous pouvez m'aider à monter dans le fiacre, a-t-elle dit.

Bien sûr ! La pluie tombait plus drue, alors il a tenu les boîtes d'une main et, de l'autre, il a maintenu le parapluie au-dessus de sa tête et l'a guidée.

Le cocher est descendu et a fait basculer les marches pour elle, puis il a ouvert la porte.

Anne est montée dans le fiacre et a pris place.

Fetch est monté ensuite derrière elle.

— Que faites-vous ?, a demandé Anne.

Zut, il n'était pas censé voyager avec elle. Trouver quelque chose ! — Je voulais m'assurer que vous étiez en état de voyager, et que l'incident de ce matin ne vous a pas causé une appréhension excessive à propos du voyage en voiture.

— Je serai très bien, veillez à ce que John le cocher n'aille pas plus vite qu'au trot.

— Les poignées semblent en bon état, a-t-il dit, en tirant sur chacune pour vérifier qu'elle ne cédait pas.

Satisfait de la savoir à l'aise et d'avoir rattrapé son impair, il est descendu, a remis la marche en place et a refermé la porte, puis il est allé prendre la place du valet de pied à l'arrière du fiacre. Il s'est accroché à la main courante d'une main, mais, quand le fiacre est parti d'un coup, le parapluie s'est retourné sous le vent.

— On va où, valet de pied ?, a crié Hartley. — Berkeley Square, cocher, a-t-il répondu.

Il a redressé le parapluie, mais, avec le vent, la pluie et la nécessité de se cramponner à la poignée à deux mains, Fetch a serré les dents et a supporté la pluie tout le trajet jusqu'à la maison.

À leur arrivée à la maison, Fetch a accompli les tâches habituelles d'un valet de pied pour faire entrer sa protégée au sec et en sécurité. Puis il a été temps de payer le cocher.

— Tu es bien tombé, hein, Tarrington ?, a dit Hartley.

Tout le contraire. La peur lui donnait l'impression de tomber dans une énorme flaque glacée. — Ce sont de braves gens, Hartley.

— Je n'ai pas dit le contraire. Le visage de l'homme était impassible, son ton plat. C'était ce qui le rendait si bon dans son métier, car Fetch ne se sentait jamais à armes égales avec lui.

— Il faut que je te dise, j'ai changé d'avis à propos du plan.

Hartley a hoché la tête sans s'engager. — Je le sais.

Une peur glacée a traversé Fetch. Comment Hartley pouvait-il savoir ? Attends. — C'est toi qui as écrit la lettre.

Gérer les conflits n'était jamais le point fort de Fetch. Son père l'a chassé et, au lieu de riposter, il s'est éloigné, en espérant que son père reviendrait à la raison. Cette peur glacée et familière l'incitait de nouveau à battre en retraite.

Battre en retraite lui sauverait la peau, mais pas celle des Penge.

— Qui va prouver que c'est moi qui l'ai écrite ?, a lancé Hartley.

Fetch n'avait pas de réponse.

Hartley tenait les rênes en main et a lancé à Fetch un regard en coin. — Ça m'est égal que tu sois dedans ou dehors. On s'en tient au plan. Tu peux t'y joindre ou passer ton tour. Et je sais que tu ne diras rien à personne, parce que tu es mouillé jusqu'à ta perruque de valet de pied et que tu pendras pour ça juste à côté de nous.

Incapable d'avaler tant la pierre dans sa gorge le gênait,

Fetch s'est écarté du carrosse. Maudit soit Hartley, et maudite sa propre lâcheté pathétique de ne pas savoir se défendre. Il ne s'est jamais senti aussi faible ni aussi sot.

Plus encore, il craignait pour la sécurité de la famille Penge, tous les quatre parfaitement inconscients des dangers que leur nouvel héritage a apportés.

CHAPITRE CINQ

Les semaines ont filé jusqu'au printemps. Il était tout bonnement impossible pour Fetch de se concentrer sur ses tâches, tandis qu'il voyait Lady Anne s'épanouir dans sa nouvelle position de fille de comte. Les cartes de visite continuaient d'arriver, tout comme les invitations à quantité de bals, de récitals et de promenades.

La famille a embauché davantage de domestiques, car le comte passait une plus grande partie de son temps à la Chambre des lords et aussi au The Whigamore, le club de messieurs réservé aux membres du Parlement.

Lord George dormait toute la journée et s'habillait en fin d'après-midi. Où il allait le soir ne regardait que lui.

Quand le printemps a glissé vers l'été, la comtesse Penge et Lady Anne étaient en pleine agitation. Elles ont été invitées à un séjour mondain dans le Surrey, ce qui impliquait d'emmener au moins deux femmes de chambre et deux valets de pied.

Fetch a essayé désespérément de ne pas sourire jusqu'aux oreilles quand la comtesse Penge lui a dit qu'il viendrait avec elles.

Tout se passait à merveille, jusqu'à l'arrivée des carrosses.

Et qui conduisait le premier carrosse, sinon Hartley !

Maudit soit cet homme, ça allait mal tourner.

— N'essaie rien, Hartley. La famille a encore beaucoup de domestiques à la maison de Londres, et le comte et son fils y sont toujours.

— Pas pour longtemps, a dit Hartley avec un pli au coin des lèvres. — Les dettes de jeu du jeune lord s'accumulent. Comme tu le sais très bien.

Fetch ne le savait pas, mais il s'est battu pour ne laisser paraître aucune surprise ni sur son visage ni dans sa réponse. Bon sang, Lord George devait céder à l'appel des enfers du jeu. — Il s'en tirera.

Hartley a ricané en faisant claquer les rênes. — Lord George perd si bien qu'il m'a épargné la peine de le démasquer.

Ça devait être un mensonge. Une autre manière pour Hartley d'essayer de lui faire peur pour lui arracher des secrets. — Lord George est débrouillard, a déclaré Fetch.

— Ça, il l'est, a approuvé Hartley. — Il me paie avec l'argenterie de la famille depuis un mois. S'il continue comme ça, ils n'auront plus rien pour manger d'ici septembre.

Un essaim de guêpes s'est agité dans la tête de Fetch. Hartley devait se tromper. — Il ne manque rien dans l'argenterie. Je dors dans la cuisine et je remarquerais si quelqu'un se faufilait au milieu de la nuit.

Les chevaux ont ralenti pour laisser passer un autre carrosse. L'envie de sauter dans la voiture qui retournait à Londres a saisi Fetch, mais il devait rester avec la comtesse et Lady Anne. Quand il s'en est vraiment avisé, l'occasion s'est déjà envolée.

Il a maudit, une fois de plus, sa lâcheté.

Il devrait faire arrêter le carrosse et exiger qu'on fasse demi-tour. Mais comment expliquer cela à la comtesse ? Ou à Lady Anne, qui devait être toute frémissante à l'idée d'assister à son premier séjour mondain.

Non.

C'était Hartley qui distillait du poison à ses oreilles, il en était sûr.

Ce serait mieux pour les dames Penge s'il ne disait rien.

Si ce que Hartley affirmait était vrai, elles le découvriraient bien assez tôt. Ou le comte pourrait parvenir à tirer son fils du scandale.

C'est bien ce qu'un lâche s'est dit, avec amertume.

Et, s'est-il dit avec égoïsme, si la famille tombait en disgrâce, Lady Anne se retrouverait à son niveau.

Cela pourrait, au fond, arranger les choses.

Deux jours chez la douairière vicomtesse Harrow, et Anne avait un rendez-vous avec un comte dans le Salon Jaune. Le comte Dabney, rien de moins. Elle a dansé un quadrille avec lui il n'y a pas un mois, lors d'une soirée. À coup sûr, si tout se passait bien, ils danseraient une valse à Almack's, accomplissant l'ambition de sa vie.

Et elle épouserait le comte, bien sûr.

Anne était en ravissement à l'idée de la tournure exaltante que prenait sa vie. Le séjour mondain était tout ce qu'elle avait espéré. De jolies promenades dans les jardins, des thés, des danses du soir, des dîners, des jeux de salon et une compagnie charmante. Avec Maman pour chaperon et Fetch posté devant la porte, elle s'est assise près du feu et a eu une conversation tranquille avec un comte. Un véritable comte !

Oui, elle était désormais la fille d'un comte, mais celui-ci était un comte de pure tradition, qui a grandi en sachant comment un comte devait se tenir.

Maman a pris place avec un livre sur le canapé à trois côtés. Elle avait le dos tourné à Anne, mais s'asseyait à proximité pour veiller à la bienséance.

Des pas ont résonné dans le couloir, Fetch a ouvert la porte au comte Dabney et lui a fait signe d'entrer en silence. Dabney s'est tenu droit et a exécuté une généreuse révérence.

Anne et Maman se sont levées. Maman a incliné la tête et Anne a fait une profonde révérence.

— Comtesse Penge, a dit Dabney, ce serait pour moi un plaisir et un honneur de faire un tour de salon avec Lady Anne.

— Milord, cela conviendrait, a dit Maman.

Anne a presque flotté sur ses pieds pour prendre le bras qu'il lui tendait, désespérée de ne pas se précipiter vers lui afin de ne pas paraître trop empressée. Trébucher aurait été d'une honte absolue.

Elle a, d'une manière ou d'une autre, réussi à l'atteindre sans se ridiculiser, et elle a posé la main sur la manche de son habit.

— Milord, a-t-elle dit.

— Appelez-moi Dabney, s'il vous plaît, a-t-il dit, avec un éclat d'acier dans le regard.

Oh, tout cela se passait de façon si merveilleuse.

Pourtant, derrière lui, elle voyait Fetch cligner lentement des yeux. L'homme qui lui a sauvé la vie. Qui se trouvait si proche, et pourtant un gouffre s'étendait entre eux. C'était une amourette ridicule que de tant penser à lui. De la gratitude pour lui avoir sauvé la vie. Une attirance née de l'échappée au danger de ces chevaux.

— Je suis enchanté de m'entretenir avec vous aujourd'hui, Lady Anne. Comme vous êtes rayonnante. L'air de la campagne vous va à ravir.

— Merci, Mi… Dabney.

Elle a presque gloussé d'oser tant de familiarité, mais il l'a autorisée.

— Vous êtes l'image même de la santé, vous aussi.

Il a souri et a posé sa main libre sur la sienne.

— Vous devez savoir pourquoi j'ai demandé à vous rendre visite ce matin ?

Anne n'a pas osé respirer, de peur de manquer ses prochains mots, qui allaient être d'une importance capitale. En silence, elle a hoché la tête.

— Ce serait pour moi un honneur, a-t-il dit en la regardant droit dans les yeux, si vous m'autorisiez à vous courtiser.

Anne a rayonné de joie. Son corps devait briller au point d'éclipser le soleil.

De l'autre côté de la pièce, Maman s'est levée et a soufflé entre ses dents :

— Oui, dis oui !

C'est alors qu'elle a aperçu Fetch, qui fermait les yeux comme pour dire une prière. Il devait se moquer d'elle. Ce laquais ne connaissait pas sa place ! Elle le remettrait à sa place plus tard. En levant les yeux vers les doux yeux bruns de Dabney, elle a dit :

— Je vous remercie, et j'accepte votre proposition de cour.

— Excellent.

Avant de pouvoir se retenir, elle a lâché :

— Vous pourrez me procurer des billets pour Almack's, et je vous réserverai une valse, Milord.

Quelle griserie !

Il a souri et a hoché imperceptiblement la tête.

— Petite espiègle.

Allait-il l'embrasser maintenant ? Anne a fermé doucement les yeux et a attendu qu'il l'embrasse. Au lieu de cela, il a soulevé sa main et a baisé ses jointures. Puis il s'est incliné.

— Je vous remercie de votre acceptation. Veuillez m'excuser, j'ai de la correspondance à laquelle je dois veiller.

Il s'est incliné sur sa main, puis la lui a rendue. Ensuite, il a adressé un bref signe de tête à Maman et lui a souhaité le bonjour avant de sortir.

Fetch a saisi la poignée et a ouvert la porte pour laisser passer Dabney, puis il l'a refermée doucement derrière lui.

Maman a serré Anne dans une étreinte farouche.

— Ma chérie, tu t'es magnifiquement débrouillée.

Son regard a croisé celui de Fetch une brève seconde et elle s'est soudain sentie mal. Cela devait être l'afflux d'émotions.

— Merci, Maman. Je pense que je devrais prendre le thé dans nos appartements et me reposer un moment, pour retrouver mon équilibre.

— Excellente idée. Fetch ? Fais venir les femmes de chambre avec du thé dans nos appartements.

Maman a bavardé sans discontinuer jusqu'à leurs appartements. À ce stade, Anne se sentait prête à défaillir de... de quoi, au juste ? D'émotions, très probablement.

Et d'excitation.

À l'instant même, dans une autre pièce de ce vaste domaine, le comte Dabney devait être en train d'écrire aux patronesses d'Almack's pour obtenir ses billets.

Deux jours plus tard, Anne prenait du pain grillé et du thé dans ses appartements lorsqu'un autre billet est arrivé.

Maman l'a pris sur le plateau et l'a examiné, en claquant la langue d'agacement.

— Par tous les diables, c'est encore lui !

Sans tendre le billet à Anne, elle en a brisé le sceau. La cire s'est fendue en plusieurs éclats.

— Est-ce le même sceau ?

Maman a hoché la tête.

— Oui, la plume recourbée et la lettre T,

puis elle a défroissé la lettre et a lu à haute voix.

— « Chère Lady Anne, »

— Oui, c'est la même main que pour le dernier billet infect, aussi.

Elle a lu un peu pour elle-même, puis elle est revenue à sa lecture.

— Très méchant. Il dit : « Votre père est en disgrâce, tout comme votre frère. Des créanciers vendent Penge House. Vous êtes ruinée. Fuyez immédiatement à Nettlefield et ne revenez plus jamais importuner la société. »

Maman a laissé tomber la lettre et s'est cramponnée au dossier d'une chaise proche, puis elle s'y est laissée tomber, serrant l'accoudoir tout du long pour ne pas glisser jusqu'au sol.

— J'en suis stupéfaite, a dit Maman. Cela ne peut pas être vrai.

Choquée et furieuse, Anne s'est rendu compte qu'elles ne pouvaient pas laisser cette horrible nouvelle — sans doute complètement fausse — se répandre. Cela devait être monumentalement inexact, bien sûr, mais tout de même, si quiconque apprenait le contenu de cette lettre, on serait scandalisé.

Anne est sortie de la pièce et a regardé le couloir. Bien. Il était vide, à part Fetch, qui se tenait en faction près de leur porte. Elle a chuchoté :

— Entrez, vite.

Il a obéi, et Anne a refermé la porte au moment même où il est entré.

Maman s'est éventée avec la lettre, puis l'a agitée vers Fetch.

— Qui envoie ces missives ?

Fetch a ouvert puis refermé la bouche un instant, comme frappé de stupeur, avant de prendre la mesure du visage pâle de la comtesse de Penge. La lettre tremblait entre ses doigts.

Anne a dit :

— Vous ne deviendriez pas aussi pâle si vous ne saviez pas déjà la gravité de l'affaire. Vous reconnaissez l'écriture, n'est-ce pas ?

Il s'est affaissé sur place, aussi mou que les hardes qu'Anne mettait autrefois de côté pour le chiffonier.

— Mon Dieu, quel gâchis.

Il cherchait une chaise où s'affaler.

Un valet incapable de rester debout ? Cela devait être d'une gravité incroyable.

Un haut-le-cœur a saisi Anne tandis qu'elle envisageait que le message de ce billet puisse être ne serait-ce qu'un peu vrai.

La seule encore debout, elle a exigé :

— Dites-moi ce qui se passe, Fetch, et dites-moi tout. Tout de suite.

Fetch a enfoui son visage dans ses mains.

— C'est Huntley. Le cocher. Il n'est pas toujours cocher, mais il en joue un à présent. C'est son idée.

Maudite lâcheté qui l'empêchait de parler plus tôt. Les dames étaient perdues. Rien de bon ne pouvait en sortir.

Anne lui a fourré la dernière lettre sous le nez.

— Est-ce vous qui avez écrit celle-ci ?

— Non, a-t-il dit en posant la main sur son cœur ; il sentait battre celui-ci derrière sa veste. J'ai écrit deux billets plus tôt. Et puis… je vous ai rencontrées, vous et la comtesse. À la salle de thé. Et une fois que j'ai fait cela, eh bien, vous étiez des personnes réelles, pas des bénéficiaires sans visage de l'héritage. Je n'ai plus pu continuer. Je me suis arrêté. Hélas… Huntley a pris la suite.

Elle devait le croire, et la comtesse aussi. Il le fallait, car il disait la vérité. Non que cela lui servirait à grand-chose à ce stade. S'il y avait jamais eu un moment pour trouver son courage, c'était maintenant.

Lady Anne l'a fusillé du regard.

— Qui est T ?

Un froid de peur lui a traversé la colonne.

— Je vous en prie, croyez-moi. Mon père était feu Arthur Tarrington, cinquième comte Penge. Il m'a déshérité, m'a déclaré illégitime.

La comtesse a rassemblé ses forces et a demandé :

— Vous êtes le fils du défunt comte ?

Il a été soulagé d'avouer enfin. Il ne pourrait jamais revenir à son ancienne vie, pas maintenant, mais cela ne signifiait pas qu'il devait encore interférer avec la leur. L'aveu lui a donné un peu de force, comme s'il avait déposé un fardeau éreintant de ses épaules.

— Je l'ai été. J'ai aussi été lâche et je ne me suis pas dressé contre lui. Sinon, rien de tout cela ne se serait produit. Au lieu de cela, j'ai laissé mon orgueil blessé l'emporter sur mon jugement. J'ai refusé de supplier pour rentrer en grâce. Il m'a chassé et… j'ai pensé qu'il changerait d'avis comme il le faisait toujours. Mais il ne l'a pas fait. Je suis resté loin aussi longtemps que mes fonds ont tenu… et puis, quand ils se sont épuisés, j'ai encore refusé de rentrer tant que mon père ne me rappelait pas pour s'excuser. Je n'ai rien fait de mal. J'ai pensé qu'il le verrait et qu'il se rachèterait. Pour aggraver les choses, j'ai croisé la route de Huntley quand j'étais au plus bas. Je me suis acoquiné avec sa bande. Une ruche de fripouilles et de scélérats pire que tout ce qu'on peut imaginer. Pendant que j'attendais que mon père change d'avis, il est mort. Je ne l'ai su que trop tard pour contester son testament.

Pendant tout son récit, Lady Anne arpentait la pièce. Puis elle s'est assise près de sa mère et lui a pris la main, qu'elle a tapotée doucement. Elle rassurait sa mère, bouleversée et émue, en lui soufflant que tout irait bien.

C'était peu probable, compte tenu de l'implication de Huntley.

Anne lui a montré la lettre la plus récente. — C'est vous qui avez écrit cette lettre ?

— Non, ce n'est pas mon écriture. C'est celle de Huntley, je parierais. Un profond soupir de résignation lui a échappé. — Si je n'avais pas été un tel lâche, je serais revenu plus tôt. Au moins avant d'être à court d'argent. Peut-être aurais-je pu arranger les choses avec mon père… ou au moins savoir qu'il était décédé et contester le testament. Quand j'ai découvert ce qui se passait, j'étais rempli de la colère de mon père — ça doit nous couler dans le sang — j'ai écrit une lettre pour vous à Nettlefield, je suppose qu'elle est arrivée ?

Anne a hoché la tête.

Il a poursuivi : — J'ai aussi écrit celle que je vous ai remise dans la salle de thé. Mais il n'y a eu que ces deux-là. Toutes les autres que vous avez reçues ne sont pas de ma main. Je me suis rendu compte presque aussitôt que je ne pouvais pas continuer la comédie. Vous étiez bien trop aimables et généreuses toutes les deux.

Lady Penge a secoué la tête. — Nous vous avons donné un emploi ! La sécurité !

— Ce que j'ai vraiment apprécié. Depuis, j'ai fait tout mon possible pour tenir Huntley à distance. C'est un homme dangereux. C'est lui qui a affolé les chevaux ce jour-là.

Anne a haleté. — C'était délibéré ?

— J'en ai bien peur.

— Vous le saviez, et vous m'avez quand même exposée au danger ? a demandé Anne.

— Non ! Comprenez, je ne savais pas que c'était lui, et je n'avais aucune idée, à l'avance, jusqu'où il irait. Ce n'est que plus tard que j'ai remis les pièces en place et compris que c'était l'œuvre de Huntley.

La comtesse a paru déconcertée et a agité un mouchoir devant son visage. — De quoi parle cet homme, ma chère Anne ? Quels chevaux ?

Fetch avait envie de vomir sur ses souliers. Ils avaient tu l'incident des chevaux à la comtesse Penge. Raconter les faits n'aurait fait qu'ébranler davantage les nerfs de la pauvre femme.

— Je devrais jeter cette lettre au feu, a dit Anne, ce qui a déconcerté un peu plus sa mère mais a, au moins, remis la conversation sur la correspondance importune plutôt que sur des chevaux rétifs.

Fetch a eu une autre idée. — Non, attendez, gardez la lettre. Gardez-la en lieu sûr. Nous aurons peut-être besoin de montrer toutes les lettres à un magistrat.

Anne a interrompu sa marche vers la cheminée et s'est tournée vers Fetch. — La seule raison de garder ces lettres serait de prouver votre culpabilité dans cette affaire.

Fetch a hoché la tête. — Oui, certes, mais cela prouvera aussi que je n'ai pas écrit les plus récentes et... peut-être pourrons-nous nous en servir contre Huntley s'il essaie de vous faire chanter.

La comtesse a poussé un cri étouffé et s'est tamponné le visage de nouveau.

Fetch s'est levé, position qu'il aurait dû garder tout ce temps. — Je vais chercher plus de thé pour la comtesse.

Anne a hoché la tête.

— Plutôt du cognac, sec, a lancé la comtesse derrière lui.

— Oui, Madame la comtesse.

CHAPITRE SIX

Le lendemain, Anne faisait les cent pas dans la chambre réservée aux invités. Depuis sa fenêtre, elle voyait l'extrémité des écuries, où les cochers étaient à l'abri avec leurs chevaux. Elle avait beau essayer, il était impossible de voir qui entrait et sortait. Mais des gens partaient pour quelque chose qui nécessitait des chevaux, à en juger par le roulement des roues sur les dalles et le brouhaha général venant de cette direction.

Allaient-ils à un pique-nique ? Dans ce cas, pourquoi n'y allait-elle pas avec le reste des invités ? La fille d'un comte, laissée de côté tandis que les autres s'amusaient. Que devait-elle faire dans une telle situation ? Maman n'y comprenait rien non plus, aussi avaient-elles envoyé leur femme de chambre glaner des commérages et revenir rendre compte.

La femme de chambre est revenue, a esquissé une rapide révérence et a dit : — Le comte Dabney demande à vous recevoir dans le Salon Jaune.

Maman a rayonné. — À quelle heure ?

La femme de chambre a répondu : — À votre meilleure

convenance. Il repart pour Londres immédiatement après votre entretien.

— Quoi ? ont dit Anne et Maman d'une seule voix.

La femme de chambre a refait une révérence et a dit : — Je n'ai pas d'autre information que cela, Mesdames.

Dans un tourbillon de panique et d'excitation, Anne a saisi son châle et a suivi la femme de chambre jusqu'au Salon Jaune. Maman trottinait à quelques pas derrière.

Dans le Salon Jaune, elles ont trouvé Dabney debout près du petit feu qui chauffait peu. Au moment où elle est entrée, il a fait une révérence modeste pour la saluer, elle et sa mère.

— Milord, je crois que vous m'avez fait demander ? Anne a composé un sourire, se demandant ce qui allait suivre. Était-il pressé de gagner Londres pour faire publier les bans ? Ou... grand Dieu, voulait-il obtenir une licence spéciale ? Ce serait magnifique !

— My Lady, a-t-il dit en désignant la comtesse.

— Mlle Sloane, a-t-il ajouté en se tournant vers Anne.

Ce n'était pas ainsi qu'on s'adressait à elle depuis l'héritage. Tout le monde l'appelait « My Lady » et parfois « Lady Anne ». Personne ne mentionnait plus Sloane, comme si ce nom ne leur appartenait plus. Cela tombait mal, comme une vieille pelisse devenue trop serrée aux épaules.

— Je pars pour Londres immédiatement, a-t-il dit.

Anne a hoché la tête comme si elle comprenait, alors que ce n'était pas le cas, et a dit machinalement : — Dois-je faire apporter du thé ?

— Oh non, ce n'est pas la peine, a-t-il dit avec un petit rire.

— Revenez-vous au séjour après vos affaires à Londres ?

Il a fait une grimace comme si elle était simplette. Cela l'a blessée jusqu'à l'os.

Il s'est tordu les mains. — Bon sang, vous ne me facilitez pas la tâche, hein ? J'ai dit que je partais pour Londres. Tout de suite.

Totalement perplexe, Anne n'avait aucune idée de ce qu'il voulait. Devait-elle proposer de l'accompagner, était-ce cela qu'il cherchait à obtenir ? Elle a réussi à dire : — Alors je vous souhaiterai bon voyage, en espérant qu'il préciserait plus formellement ce qu'il voulait.

— Sacré gâchis pour tout le monde, vraiment, a-t-il dit en attrapant ses gants.

— Voulez-vous que je vous écrive ? a proposé Anne.

— Écrire ? Pour quoi faire ? Il a hoché la tête et s'est dirigé vers la porte.

Anne et sa mère ont fait rapidement une révérence lorsqu'il est passé devant elles et les a quittées.

— Qu'est-ce que c'était que tout ça ? a demandé Maman.

— Je... je suis perplexe, a dit Anne. — Est-ce quelque chose que j'ai fait depuis hier ?

Maman s'est mordillé la lèvre inférieure et a secoué la tête. — Peut-être ne sommes-nous pas les seules à recevoir des lettres anonymes venimeuses. Allons trouver ce dénommé Hunter.

— Huntley, a corrigé Anne.

— Lui aussi, a dit Maman en tendant la main vers la poignée de la porte.

Au moment où elle a saisi la poignée, Fetch a poussé la porte et s'est tenu de l'autre côté.

— Pardon, a-t-il dit, puis, en voyant Anne, il a ajouté : — Veuillez me pardonner, Mesdames. Huntley est aux écuries, et il raconte à qui veut l'entendre que le domaine de Penge est en faillite.

— Et puis quoi encore ! a crié Maman. — Faites-le venir ici immédiatement.

— Je ne crois pas que cela se fasse. Une comtesse ne reçoit jamais un cocher à l'intérieur.

— Je ne vais certainement pas le recevoir, ça, c'est sûr ! a déclaré Maman.

Anne avait l'impression que sa tête allait exploser de frustration et de colère brûlante. — Alors vous devez lui parler, aux écuries, l'amener à se rétracter et à présenter des excuses. C'est une calomnie révoltante !

Fetch est entré dans la pièce et a refermé la porte derrière elles, préservant leur intimité, tout en les empêchant physiquement d'avancer vers les écuries et de clamer leur manque de tenue à tout le monde. — Je crains qu'il ne dise vrai, Mesdames.

La vive couleur a quitté les joues de Maman à mesure que la réalité s'imposait.

Anne cherchait dans sa tête un prétexte acceptable et convenable pour quitter la partie de campagne qui, jusqu'à ce matin, se passait si merveilleusement bien. — Il faut que je rentre chez moi. Je me trouve souffrante. Je...

Toutes les portes qui s'étaient ouvertes à elle en tant que fille de comte se refermaient maintenant avec fracas. Cela l'a assourdie au point de l'empêcher de penser sensément. — Fetch, veuillez informer Lady Harrow que j'ai une forte migraine qui ne peut être soignée que... je sais, par une préparation de mon apothicaire personnel à Bath, et que je dois partir sur-le-champ.

— Parfait, a dit Maman. — Nous allons faire préparer nos malles par la femme de chambre et nous serons parties dans l'heure.

Anne a pressé un mouchoir contre sa lèvre supérieure et elle a inspiré régulièrement. Même sans s'inventer un solide mal de tête, elle en aurait bientôt un, à cause de Huntley qui leur faisait vivre un enfer. Elle et Maman étaient assises dans le carrosse. Fetch conduisait leur attelage de deux chevaux avec douceur mais fermeté, ne voulant pas les épuiser et désirant se rapprocher le plus possible de Londres avant de devoir les changer. Ils ont changé encore deux fois pour continuer à voyager, ne s'arrêtant que lorsque c'était nécessaire. Quel tort Huntley infligeait-il à leur réputation à cet instant ? Combien d'avance avait-il déjà ?

Peut-être que lui et Dabney voyageaient ensemble ? Dans ce cas, il ne devait avoir qu'une heure d'avance, à peine.

— Ne te fais pas tant de souci, ma petite, a dit Maman. Je sais qu'une fois rentrés, ton père remettra tout en ordre. C'est un horrible malentendu qui sera éclairci par quelques explications habiles. Et nous réglerons le cas de ce Huntley aussi. Comment ose-t-il salir le nom des Penge.

C'était aimable de la part de Maman de dire cela, mais Anne ne parvenait pas à chasser ses pensées craintives. Huntley avait beau être un goujat et un bon à rien, cela ne l'excluait pas forcément de la vérité.

Ils sont arrivés en pleine nuit. Endolorie par le long trajet du retour, Anne n'aspirait qu'à son lit. Un froid glacial imprégnait la maison sombre. Elle cherchait à deviner des formes dans l'obscurité, la main glissant le long du lambris jusqu'à la

porte de ses appartements. Le personnel dormait très probablement à cette heure, et elle n'avait pas réellement besoin d'eux.
Maman a emmené leur femme de chambre dans sa pièce pour
l'aider à se déshabiller pour la nuit. Anne se sentait capable de
se dévêtir seule et elle les a chassées toutes les deux, en
chuchotant pour ne réveiller personne.

Elle a porté les mains vers ses boutons et, par réflexe, les a
posées sur le devant. Zut. Depuis qu'elle était devenue fille de
comte, tout se fermait dans le dos et réclamait une femme de
chambre. Il lui faudrait de l'aide, finalement. Ou bien elle
dormirait dans ses vêtements, car elle était si fatiguée qu'elle
s'en moquait.

Non, si elle s'endormait ainsi, elle serait dans un tel état au
matin qu'elle aurait, cette fois, vraiment mal à la tête. Avec un
profond soupir, elle a trouvé une chandelle sur une desserte et
elle l'a allumée, puis elle s'est dirigée vers l'escalier pour aller
chercher une des femmes de chambre.

Un bruit montait du vestibule. Lord George rentrait en titu-
bant, ivre mort, aidé par deux autres hommes, eux aussi passa-
blement éméchés.

Elle avait envie de hurler « Qu'est-ce qui se passe, bon sang
? », mais elle a préféré se taire. Elle a soufflé la chandelle et elle
s'est assise en silence, observant la scène se dénouer.

Son frère bredouillait, complètement abruti par l'alcool.
Mais elle a saisi quelques mots. Quelque chose à propos de l'argenterie à la cave. Les deux autres hommes ont laissé Lord
George par terre et ils sont partis dans l'obscurité vers les
cuisines et les offices. George a gloussé — oui, gloussé ! — et il
s'est roulé sur le côté, où il a bruyamment rendu son vin. Un
miasme infect est monté et Anne a eu un haut-le-cœur. Elle a
plongé la main dans sa poche ; le mouchoir avec un coin

imprégné de sels était toujours là. Il a bien atténué le pire des relents. Au moment même où elle se demandait si George était encore en vie, il a de nouveau vomi bruyamment. Le vacarme allait sûrement réveiller son père.

Où était-il ?

Et le majordome, d'ailleurs ? C'était Simmonds, leur fidèle majordome, qui avait les clés de l'argenterie et des plats, l'homme qu'ils ont emmené avec eux à Penge House, qui les accompagnait durant les jours ternes mais sûrs de Nettlefield.

Des pas ont résonné du côté de la maison ; cela devait être les hommes qui avançaient à travers les pièces, à la recherche de l'argenterie. Si sinistre que paraissait la scène, ils n'auraient pas ce qu'ils venaient prendre.

Mais cela voulait-il dire qu'ils reviendraient une autre nuit ?

Et pourquoi exigeaient-ils des choses de Lord George ? Plus encore, pourquoi n'était-il pas a) sobre et b) en train de leur ordonner de sortir de chez lui ?

Les hommes sont revenus. Anne s'est tassée contre le rebord de l'escalier, se faisant aussi petite que possible. Ses yeux étaient à présent habitués à l'obscurité, mais pas au point de distinguer les traits de ces hommes. Ils n'avaient pas de chapeaux, mais leurs manteaux et leurs bottes semblaient de belle facture. Leur façon de parler, quoique rude et menaçante, n'indiquait pas une vie de terreur des rues. C'étaient des contemporains de Lord George qui se comportaient en voleurs et en brutes.

— Hé !

L'un d'eux a saisi George par le col pour le réveiller.

— Il ne reste rien dans le tiroir à argenterie. On reviendra la semaine prochaine prendre ce que tu dois.

On aurait dit Dabney, mais... ce n'était pas possible.

Ou peut-être que si. Peut-être que c'était pour cela qu'il l'a quittée si brusquement lors de la fête à la campagne — Lord George a accumulé tant de dettes qu'il ne voulait plus être associé à lui, encore moins épouser la sœur de cet imbécile.

Lord George, complètement inconscient du péril où lui et toute sa famille se trouvaient à présent, a gloussé comme un enfant.

— Il est défoncé, a dit l'autre en se tournant vers la porte.

Le premier a fait un pas de plus et a glissé. Il a juré bruyamment et il est tombé avec un gros bruit sourd. Son ami s'est moqué de lui.

— Tais-toi, a dit le premier. — Il t'en a mis une bonne en venant.

En d'autres circonstances, Anne aurait peut-être ri de la manière bancale dont ces brutes menaçantes traitaient son frère. Voir un malfrat glisser dans une flaque de vomi n'était jamais tout à fait dépourvu de comique.

Mais, bon sang, ils étaient dans de beaux draps. Pas seulement George, toute la famille. Et ces types ont dit qu'ils reviendraient dans une semaine.

En silence, Anne est rentrée dans sa chambre, laissant son frère sur le sol où il gisait. Le personnel le trouverait à l'aube et, sans doute, le remettrait en ordre. Elle a adressé une prière discrète pour que Maman dorme profondément et ne sache rien de la terrible situation de son fils chéri.

Mais Père devait être au courant.

Un fils dépensier, qui buvait (et, très probablement, jouait, mal) jusqu'à dilapider la fortune familiale, pouvait avoir de graves répercussions sur la carrière politique de Père.

Au matin, Anne s'est levée encore vêtue de ses habits de voyage. Ses côtes la faisaient souffrir d'avoir mal dormi, et les coutures l'ont un peu entaillée. Mais tout bien considéré, elle se sentait beaucoup mieux d'avoir dormi. Sans aucun doute, elle serait en bien meilleur état que son frère.

À ce propos, elle a rajusté ses vêtements et elle est partie à sa recherche.

Le voilà, endormi par terre près de la porte principale, et la flaque de vomi était toujours là. Beurk !

Le personnel s'en serait sûrement occupé à cette heure, à moins qu'il ne les ait repoussés ?

— Mon cher frère, a dit Anne en s'approchant, il faut te réveiller et te débarbouiller.

George a grogné pour indiquer qu'il vivait encore (quel soulagement), mais il s'est seulement éloigné de sa flaque pour se rouler vers un coin de sol plus propre. Anne est allée aux cuisines chercher une femme de chambre, ou l'un des enfants de cuisine qui traînaient souvent par là, prêts à porter des choses ou à apporter les livraisons.

Le soleil était levé, et l'horloge a sonné le quart — passé six heures, Anne s'en est rendu compte avec un sursaut — et pourtant la maison restait silencieuse. Il y avait une sorte de serviette près du baquet, alors elle l'a prise et s'en est servie pour tamponner le sol près de son frère.

— George, qu'est-ce qui s'est passé pendant notre absence ?

— Ne t'en fais pas, jolie petite tête.

— Où sont les domestiques ?

— Bof, a-t-il seulement grogné.

Anne a bien eu envie de lui frotter le tissu sur le visage, puis elle y a renoncé. Elle l'a portée au baquet et elle a cherché un seau d'eau à y verser. Puis elle a eu une meilleure idée. Elle a pris l'eau, l'a portée vers George, puis elle lui a versé le contenu sur la tête.

Les hurlements !

Il s'est redressé, il a hurlé et il a proféré une kyrielle de mots qu'Anne n'a jamais entendus.

Mais il était réveillé.

— Où est l'argenterie ? a-t-elle exigé.

Malgré tout son bagout et sa fanfaronnade, George, assis dans ses vêtements trempés, par terre près de la porte d'entrée, s'est mis à pleurer.

— Il n'y a plus rien. J'essaie sans cesse de le récupérer, mais au moment où les choses allaient enfin dans mon sens, tout se retourne toujours. Je crois que c'est une bande de tricheurs ! Maintenant, il n'y a plus rien et j'ai couvert tout le monde de honte.

— C'était Dabney, avec qui tu étais ?

George a écarté de son visage ses cheveux mouillés.

— L'un d'eux.

— Cela explique son revirement. Il a demandé à Maman la permission de me courtiser à la réception. Puis il m'a coupée et il a dit qu'il devait rentrer à Londres.

— Je suis désolé, ma sœur. Si ça peut te consoler, Dabney a fréquenté une mauvaise engeance. Tu es mieux sans lui.

— Il a aussi des dettes de jeu ?

George s'est levé lentement, puis il a confirmé :

— Oui, et plus encore. Il s'est acoquiné avec une horreur appelée… Hunddah… non… Hunter. Un sale type.

— Tu veux dire Hunter ?

— Peut-être. Ils n'ont pas arrêté de me faire avaler des verres. C'était dur de tenir la cadence.

Anne a soupiré et elle a eu pitié de son frère écervelé. Il

était aussi novice dans le rôle de fils d'un comte qu'elle l'était dans celui de fille de comte.

— Monte à l'étage et dors un peu pour dessaouler. On verra quoi faire plus tard, avec Maman et Papa.

Tandis qu'il montait les escaliers, Anne est retournée à la cuisine pour trouver où la famille rangeait l'argenterie. Ça devait être ici quelque part. En plus, elle avait faim et elle ne dirait pas non à du pain grillé et du thé tout frais. Oui, du thé ferait parfaitement l'affaire.

Le feu n'était pas allumé. Comme elle entendait les pas de son frère qui menaient à sa chambre, elle a tendu l'oreille pour percevoir le bruit d'une autre âme quelconque à Penge House.

Il n'y avait personne.

Perdait-elle la notion des jours et oubliait-elle que c'était dimanche ? Mais non, ils donnaient l'après-midi de congé à leur personnel, pas le matin.

Il y avait un tiroir et des placards ; ça devait être là que le personnel rangeait toute la vaisselle. Elle a ouvert le tiroir.

Vide.

Le cœur battant, elle a tiré le tiroir d'un coup sec et elle n'a trouvé que deux petites cuillères à thé. Tous les couteaux, fourchettes, cuillers de service avaient disparu. Même les fourchettes à huîtres. Quelqu'un a tout pris et n'a pas remarqué les deux petites cuillères coincées dans un interstice du bois.

— Vous cherchez quelque chose ?

Anne s'est retournée d'un bond et elle a vu Fetch qui se tenait là.

— Qu'est-ce qui se passe ? demanda-t-elle. Quelqu'un a volé l'argenterie de la famille !

— Je vous prie d'accepter mes humbles excuses, la supercherie a été entièrement intentionnelle.

Anne a cligné des yeux.

— Intentionnelle ?

— Avant de partir pour la réception, j'ai payé tout le personnel pour qu'il parte. Je ne voulais pas qu'ils soient en danger au cas où Huntley et ses hommes viendraient. Votre père séjournait à son club de toute façon, et votre frère a—

— Traîné le nom de la famille dans la boue, grâce à Huntley et Dabney. Ils l'ont mis sur la paille et ils l'ont amené ici pour chercher tout ce qu'ils pouvaient vendre.

Fetch a pris une expression sombre de circonstance.

— Huntley se préparait à mettre la maison à sac pendant votre absence. Il savait que vous et la comtesse seriez parties parce que... c'est lui qui a conduit votre carrosse à la réception.

La respiration d'Anne s'est bloquée dans sa gorge.

— Il savait tout de ce que nous faisions !

— Pour cela je ne peux que m'excuser et me jeter à votre merci. C'était encore ma lâcheté. J'aurais dû lui tenir tête.

Sans réfléchir, Anne a attrapé sa main pour le réconforter.

— Vous vous blâmez pour les actes des autres. Et vous êtes courageux ; vous avez épargné le personnel d'un danger possible. Il a fallu du courage pour organiser cela. Vous vous êtes mis en danger pour me sauver d'être piétinée par les chevaux de Huntley. Il a aussi fallu beaucoup de courage pour avouer que vous étiez de mèche avec lui. Et encore du courage pour faire confiance à Maman et à moi, en pariant que nous ne vous chasserions pas. Ce que, vous pouviez supposer, nous allions faire. Peut-être que, si nous avions été plus accoutumées à cette position dans la société, nous l'aurions fait.

— Vous êtes trop bonne de vous soucier de mes sentiments.

— Oh... balivernes ! Anne a gloussé à sa propre saillie courageuse.

Ils se tenaient encore par la main, ce qu'ils ont remarqué tous les deux en même temps. Anne a de nouveau gloussé, nerveuse.

— Vous avez aussi épargné à Maman la vue de son fils chéri et héritier, étendu par terre.

— En effet. Je vais m'occuper de lui.

— Laissez-moi vous aider.

— Non, je devrais commencer à réparer mes bêtises.

Anne a pincé les lèvres. Au moins, sa mère était restée endormie pendant tout ce chaos. Quel soulagement que les appartements de Lady Penge soient si éloignés de la porte d'entrée.

CHAPITRE SEPT

Vers le milieu de l'après-midi, le personnel était revenu et se trouvait à son poste, comme si de rien n'était. Fetch rayonnait de satisfaction : il a réussi à éviter les nervis de Huntley pendant l'absence de la comtesse et de Lady Anne, mais il savait que le retour des dames à Penge House ne dissuaderait pas Huntley d'exiger encore. De généreuses aspersions de lavande et d'eau de rose dans le vestibule masquaient le désordre du jeune Lord, et il cuvait le reste de ses excès dans son lit.

Le comte lui-même n'est pas rentré, à la grande surprise de Fetch. Y a-t-il eu une séance toute la nuit au Parlement dont il n'a rien su ? Ou bien le patriarche de la famille cédait-il, lui aussi, aux enfers du jeu ?

La comtesse et Lady Anne se trouvaient dans le salon de réception, la première lisait et la seconde brodait. Il n'y avait rien à leur remettre. C'était un soulagement de ne pas avoir à porter une nouvelle exigence de Huntley, mais cela lui tordait l'estomac de voir Lady Anne faire semblant de ne pas se soucier de n'avoir aucun admirateur.

Le regard de Lady Anne dérivait sans cesse vers lui, et le sien vers elle. Chaque fois qu'ils surprenaient l'autre en train de regarder, ils tournaient aussitôt la tête ailleurs.

Il se berçait d'illusions s'il pensait qu'elle ne remarquait rien. Lui, en tout cas, il l'a bien remarquée.

— Tu as quitté la réception pour Bath, souviens-toi, a dit la comtesse. Même si un soupirant avait voulu te faire la cour, il n'aurait pas envoyé de missives à la maison de ville.

— Oh, a dit Anne d'un ton dolent, je l'avais oublié. Elle a encore piqué quelques points puis elle a posé son tambour avec un soupir. — Aurions-nous donc dû aller à Bath ?

— Non, nous avons eu raison de rentrer. Quand le comte rentrera, nous expliquerons tout, et il saura quoi faire.

Fetch a baissé la tête en se tenant près de l'embrasure. Avec une profonde inspiration, il s'est permis d'interrompre l'entretien des dames.

— Madame la comtesse, je vous prie de m'accorder la parole.

— Parlez donc, a dit la comtesse.

— Je crois que le moment est venu pour moi de quitter votre service. J'ai apporté le déshonneur et la honte à la famille Penge à cause de mes fâcheuses fréquentations.

— Allons donc, a dit la comtesse en se levant. Son livre est tombé par terre, et elle l'a laissé là. — Si ce que vous avez dit est vrai, et que vous êtes bien le fils du comte, alors vous êtes légitimement lié au domaine. Tenez tête à Huntley. Et tenez-vous droit, aussi.

C'était tout le contraire de ce à quoi il s'attendait. Et cela n'avait aucun sens.

— Mais, Madame, en laissant de côté la question de Huntley, si je fais valoir mon droit, cela peut signifier que votre mari ne sera plus le comte, et que votre fils n'héritera pas… et les perspectives de Lady Anne en seraient grandement diminuées.

La comtesse a ri.

— Lady Anne épousera quand même un comte.

— Moi ? a dit Anne.

— Elle ? a dit Fetch.

— C'est simple. La comtesse a agité les mains dans leur direction. — Vous êtes le comte légitime, et vous allez épouser ma fille.

Fetch a perdu la parole.

— Mais, Maman ! dit Lady Anne.

— Oh, ne t'embarrasse pas de faux dénégations. Je vous ai vus vous regarder. Arrêtez de faire semblant que ce n'est pas l'issue la plus merveilleuse. Elle a poussé un profond soupir de résignation. — J'aurais dû me douter que cet héritage était trop beau pour être vrai. C'était amusant tant que ça a duré, et j'ai profité des privilèges attachés au titre de comtesse, mais je ne crois pas que le jeune George aurait tenu beaucoup plus long-temps dans son état d'ivresse constant.

Fetch ne parvenait toujours pas à trouver la moindre chose à dire, tant il était choqué. Les surprises n'en finissaient pas.

La comtesse a placé la main de Fetch dans celle d'Anne et elle les a invités à s'asseoir ensemble sur la chaise longue.

— La vraie question est : comment allons-nous annoncer la nouvelle à mon mari quand il rentrera du club ? Je crois qu'il a beaucoup goûté aux atours du Parlement et à tout ce qui va avec.

CHAPITRE HUIT

Anne et Fetch — Frederick Tarrington — étaient fiancés, mais rien ne serait officiel avant qu'ils demandent d'abord la permission à leur père, puis qu'ils expliquent les circonstances pour le moins extraordinaires dans lesquelles ils se trouvaient désormais.

Malheureusement, il ne s'agissait pas simplement de parler à leur père, car, quand il est rentré, un nouveau malheur leur est tombé dessus.

Quand Papa est rentré à la maison, Anne a eu droit à un vrai numéro qui se déroulait dans le hall.

Maman tenait un mouchoir contre son œil, mais savoir s'il en ressortait la moindre humidité, c'était une autre histoire. — Mon cher époux, articula-t-elle distinctement, ce qui devait être pour Anne. Et pour Fetch. Où qu'il soit. — C'est plus que je ne peux supporter. Si l'on ne nous accepte pas dans la bonne société, comment pouvons-nous continuer ?

Depuis sa cache près de l'escalier, Anne n'en croyait pas ses oreilles. Elle avait entendu dire que la bonne société pouvait ignorer délibérément quelqu'un, mais elle n'avait pas encore envisagé qu'une famille entière puisse subir un tel châtiment.

Aussi vite et aussi durement.

Et de façon aussi définitive !

Papa, qui ne savait rien des subterfuges de Maman, a pris l'échange pour argent comptant. — Ma chérie, si j'avais eu connaissance de ce faux pas, j'aurais pu l'empêcher. Il a hoché la tête et a pincé les lèvres, puis a levé les yeux au plafond comme en prière. — Ma carrière est en ruine presque aussitôt qu'elle a commencé. Au point que je ne peux pas reprendre mon siège à la Chambre des lords maintenant que l'épée de Damoclès est suspendue au-dessus de mon banc.

Aux oreilles d'Anne, il en faisait un peu trop, mais elle a dû supposer que son père a bel et bien entraîné la famille bien bas. Ou du moins, il a cru l'avoir fait.

Les épaules de Papa se sont affaissées. — Comment pouvais-je savoir que le club de messieurs fondé par des politiciens interdirait les discussions politiques ?

Quoi ? Anne a plaqué sa main sur sa bouche pour éviter de tousser et de trahir sa cachette. Le club Whigamore empêchait qu'on parle politique ? Comme c'était étrange.

Mais alors, c'était probablement vrai. Cette nouvelle société dans laquelle la famille s'est retrouvée propulsée présentait une kyrielle de règles et d'attentes à donner le vertige. La moindre entorse, même involontaire, pouvait mener toute une famille à la ruine.

Et c'était avant que quiconque découvre les jeux d'argent de son frère.

Maman a rassuré Papa. — Je suis sûre que tout ira bien. Nous retournerons à Nettlefield et nous y resterons pour Noël. Au printemps prochain, tout sera oublié.

Papa a secoué la tête encore. — Nous ne pouvons pas y retourner. J'ai vendu le domaine pour financer notre installation à Londres.

— Je vois. Maman devait se mordiller l'intérieur de la joue en réfléchissant, Anne en était sûre. — Et qu'en est-il du comté lui-même ? Quelles autres ressources pouvons-nous en tirer ?

— Que veux-tu dire par « autres ressources » ?

On a entendu une brusque inspiration. Très probablement celle de Maman.

Oh là là, on passait de la comédie au drame bien réel. Est-ce qu'ils n'avaient vraiment plus un sou ?

— Et la dot d'Anne ? a demandé Maman.

— Disparue, a confirmé Papa.

Un haut-le-cœur a saisi Anne. Tout cela paraissait beaucoup trop réel. Dabney savait-il qu'il n'y avait pas de dot ? C'est peut-être pour ça il est parti si vite de la réception à la campagne.

Tout cela était absolument épouvantable. Tout s'effondrait si vite.

Le martèlement des sabots a indiqué qu'un cheval revenait aux écuries à l'arrière de la maison. Il a été suivi de marmonnements incompréhensibles.

— Lord George doit être rentré, a dit Maman.

— Laisse-le-moi, a dit Papa, et il est sorti dans la cour pavée sous les protestations de Maman.

Anne s'est levée de sa cachette. Elle était restée assise si longtemps que ses membres n'obéissaient pas aussi vite qu'il l'aurait fallu.

— J'imagine que tu as tout entendu ? a demandé Maman en s'approchant. — Reste où tu es, ma chérie, je te rejoins. Ce recoin est en effet un endroit très pratique pour surprendre de mauvaises nouvelles.

Cela confirmait que Maman savait depuis le début qu'elle était assise là. En pressant les paumes sur sa jupe, Anne a demandé :

— J'imagine que tu pensais que nous avions Nettlefield où retourner ?

Maman a hoché la tête et a serré Anne contre elle ; son corps tremblait tandis que les deux femmes s'efforçaient de ne pas pleurer. — C'est devenu plus compliqué que je ne l'aurais imaginé. J'ai appris par mes réseaux que ton père nous a fait tomber bien bas, mais pas à ce point. L'autre jour, je ne faisais pas semblant quand j'ai dit qu'être comtesse m'avait plu. Pourtant maintenant, cela ne me dit plus rien. C'est trop. Je pensais que nous pourrions revenir à notre ancienne vie et reprendre comme si de rien n'était, mais cela aussi nous sera refusé.

— Tout ira bien, a dit Anne, sans en croire un mot, mais ayant besoin de rassurer sa mère. Mais que pouvait-elle vraiment offrir ? Leur père a vendu leur vieille maison familiale pour financer leur nouvelle vie, et son frère a tout perdu au jeu. Vraiment, aucune issue claire ne semblait se dessiner.

Le père et le fils sont entrés dans la maison. Maman et Anne se sont plaquées contre le mur pour rester hors de vue, tandis que les hommes sont entrés dans le salon de retrait et ont refermé la porte derrière eux.

Maman pleurait désormais de vraies larmes et reniflait bruyamment. — Je ne peux qu'espérer que Lord George s'est déjà fait des amis solides dans son nouveau cercle d'influence, et que nous pourrons tout de même te trouver un mariage convenable.

Le fracas d'un verre brisé dans le salon de retrait a présagé une volée de cris. Le père et le fils ne se parlaient pas avec tendresse.

Maman et Anne se sont accroupies dans l'ombre et se sont agrippées l'une à l'autre de toutes leurs forces.

Une porte a claqué en bas.

Le père s'est accroché au poteau de la rampe en bas de l'escalier, un pied sur la première marche. Les a-t-il vues ?

— Oh mon Dieu au ciel ! a crié Papa, en secouant le poteau comme si ce bloc de bois était son fils, et qu'il pouvait vraiment secouer un peu de bon sens dans la tête du vaurien.

Maman s'est doucement dégagée d'Anne et est allée le réconforter. — Époux, ne désespère pas. Tout ira bien. Nous nous reposerons cette nuit et nous réfléchirons l'esprit clair demain.

— C'est fini, épouse. Tout est fini. Nous sommes ruinés.

Anne a inspiré brusquement.

Maman a pris Papa dans ses bras et l'a emmené, peut-être vers la cuisine où ils pourraient trouver de quoi se calmer.

Anne s'est assise seule avec ses pensées tourbillonnantes. Avant que la fortune de la famille ne change aussi radicalement, elle espérait seulement que son futur mariage se ferait avec un gentilhomme doté de quelques moyens. Elle travaillerait dur et fonderait sa propre famille, quelque part à Nettlefield.

Tout était si étrange et dangereux, maintenant. Ils étaient l'objet de commérages et de spéculations, et même si sa mère approuvait son mariage avec Fet— Frederick, même cela pouvait devenir impossible s'ils ont autant terni leur nom.

Elle se montrait égoïste en ne pensant qu'à son avenir possible. Mais leurs vies ont changé. La politique s'immisçait là où elle ne s'immisçait pas auparavant. Un monde d'intrigues et de manigances pour son père. Les tripots pour son frère, qui ne misait jamais plus qu'un billet de tombola.

On les a accueillis dans la bonne société comme s'ils y étaient depuis toujours, mais l'expérience a montré qu'ils ne pourraient jamais s'y fondre. On ne les a accueillis que pour les exploiter.

On avait beau les tenir pour des gens de la société, le milieu où ils évoluaient ne voulait pas vraiment d'eux. Comme c'était naïf de la part d'Anne de croire qu'une société qui dressait des barrières d'entrée si strictes les lâcherait soudain pour le simple fait d'hériter d'un titre.

Il y avait l'appartenance, et il y avait l'Appartenance.

Ayant abandonné leur maison de campagne, l'endroit où les ancêtres de son père avaient vécu, appris et aimé pendant des siècles, ils ne pouvaient plus y retourner.

Et rester à Londres, assumer tout ce qu'on exigeait d'un comte et de sa famille, exigeait des fonds, qui, apparemment, n'étaient plus là.

Quelqu'un est apparu à côté d'Anne. — Du thé ?

C'était Fetch, avec un plateau.

Est-ce que tout le monde connaissait son coin secret pour écouter ?

Avec un rire sans joie, Anne a dit :

— Ça dépend de ce qu'il y a dedans.

— Il y a du thé dedans.

— Merci, Frederick. J'imagine que tu as tout entendu ?

— Oui, c'est un secret de Polichinelle dans la maison, maintenant. Le cuisinier a déjà fait ses bagages et a laissé un mot pour demain matin.

— Nous avons fait un tel gâchis, n'est-ce pas ? a admis Anne. Si nous avions la moitié de ton bon sens, nous aurions vu que nous n'étions jamais vraiment les bienvenus dans la bonne société. Nous étions des curiosités. Une plante nouvelle venue de l'Orient à admirer, comme la glycine. Je crois que mon rôle ressemblait à celui de cette liane : simplement décoratif ; fleurir quand on l'exige et, quand la floraison passe, accepter la taille sévère.

— Ne sois pas si dure. Tu n'as rien fait de mal. Tu as fleuri.

Anne a balayé le compliment d'un revers de main. — Tu dois dire à Papa que tu es le véritable comte. C'est la seule issue. Elle a siroté son thé. Ce serait probablement la dernière fois qu'il lui apportait une tasse ; autant en profiter. — Au moins, de cette façon, le nom Penge est à l'abri d'un scandale supplémentaire.

— Il faut que je fasse plus que ça, a-t-il dit en s'accroupissant près d'elle dans leur cachette. Il me faut assez de courage pour lui demander si je peux épouser sa fille.

— Tu es sérieux ?

— Je le suis. C'est la réponse à tous nos problèmes. Nous devrions nous marier. Cela rend le titre à la bonne lignée ; tes enfants seront les descendants directs de mon père ; il va de soi que nos enfants seront acceptés, et tu ne seras pas mise au ban.

Anne a recraché une gorgée en toussant. Comme c'était peu élégant ! — Mais pourquoi ?

— J'aurais cru que c'était évident. C'est la meilleure solution pour tout le monde.

— Oh.

— Oh ?

Comment pouvait-elle expliquer ce qu'elle ressentait ? Elle ne voulait pas être une solution à quoi que ce soit. Elle voulait... oh, ciel au-dessus... elle voulait être désirée. Elle voulait être aimée. Maintenant que la famille était tombée si bas, ses souhaits de faire un mariage d'amour se dissolvaient comme du miel à la crème dans un thé brûlant.

— Je suis désolée. Je devrais être plus reconnaissante pour cette offre incroyablement généreuse. Tout cela est un tel choc. Je pensais que notre seul problème, c'était George qui jouait notre fortune. Elle s'est alors rendu compte qu'elle ne l'avait pas appelé « Lord George » non plus, et, honnêtement, c'était un certain soulagement, puisqu'il se comportait fort peu en lord depuis que l'honorifique est tombé sur ses épaules.

— Et ton père a aussi terni sa réputation.

Aïe.

Anne a soupiré. — Même avec un père et un frère déshonorés, tu veux encore m'épouser ?

— En effet. Il lui a pris la main libre avec douceur et lui a embrassé la paume.

Est-ce que cela importait qu'il ne l'aime pas ? Ils allaient de toute façon se marier. Peut-être finirait-il par l'aimer ? C'était apparemment ce qui se passait dans la plupart des cas. Elle a inspiré pour se raffermir et elle l'a remercié pour le thé. — Puis-je te apporter quelque chose, Milord ?

Fetch a souri d'un air penaud et a pris sa main dans la sienne. — Souhaite-moi bonne chance ?

Anne a souri et a dit, — Tu n'en as pas besoin, mais je te souhaite toute la chance du monde. Tu étais l'héritier légitime depuis le début. Tu aurais dû insister pour que les tribunaux te reconnaissent.

Il a affiché un sourire en coin et a secoué la tête. — S'il y avait la moindre justice véritable en ce monde, mon père n'aurait jamais rejeté ma mère et moi en premier lieu. Je n'ai pas su pour mon héritage avant qu'il ne soit trop tard. Mon plan, aussi désespéré qu'il était, était de me faire accepter dans la famille afin d'obtenir le relevé complet du domaine, et de voir ce qu'il y avait, le cas échéant, à hériter. Tomber éperdument amoureux de la fille du nouveau comte n'en faisait pas partie. À vrai dire, tout cela est de ta faute : tu es trop envoûtante.

Attends… a-t-elle bien entendu ? — Qu'as-tu dit ?

— Tu es envoûtante ?

— Non, avant ça.

— Ahhh, la partie où je tombe éperdument amoureux ?

— Oui, ça.

Fetch a toussé doucement. — C'est vrai. Je suis tombé éperdument amoureux. Comment ne t'en es-tu pas rendue compte ?

— Tu n'as jamais rien dit.

Fetch a penché la tête. — Quand aurais-je pu le faire ? Un simple laquais, amoureux de la fille d'un comte, qui se trouve être ma cousine au troisième degré. Ou peut-être au quatrième, je n'en suis pas vraiment sûr.

— Je crois que tu ferais mieux de m'embrasser maintenant, Milord, pour montrer que tes actes comptent plus que de simples paroles.

— Avec plaisir. Il a pris son visage entre ses mains avec douceur et a posé ses lèvres sur les siennes.

Des étincelles ont jailli derrière ses yeux au contact sublime. Il a ajusté sa position et l'a embrassée de nouveau. Un doux soupir lui a échappé et il l'a effleuré d'un baiser, comme s'il absorbait ses émotions en lui.

— Nous avons un autre problème, Milord. Huntley reste une épine dans notre flanc, et les malfrats qui ont ramené mon frère à la maison et qui ont fouillé pour l'argenterie reviendront d'ici une semaine. Qu'allons-nous faire ?

Fetch a pris une inspiration pour se raffermir. — Il y a

quelques mois à peine, j'aurais déclaré qu'il fallait tous fuir. C'est encore mon option préférée, pour te garder, toi et ta famille, en sécurité. Cependant, si nous ne tenons pas tête à Huntley et à son équipe, je crains vraiment que nous ne soyons jamais débarrassés d'eux.

L'envie de fuir était forte chez Anne aussi. Elle a vu de quoi Huntley était capable — il a failli la renverser dans la rue — et elle a aussi vu comment ces « amis » de son frère ont traité George. — Ne pouvons-nous pas au moins mettre Maman et Papa à l'abri ?

— Oui, ce sera une bonne mesure. Ensuite, nous irons voir ton frère et établirons un plan pour régler ce gâchis une bonne fois pour toutes.

CHAPITRE NEUF

La rencontre avec Maman et Papa d'Anne s'est soldée par des poignées de main et des bises sur les joues, et par quelques larmes de gratitude. Demander la main d'Anne a été plus facile que Frederick ne le croyait possible. Il se demandait si cela tenait à leur revirement de fortune aussi rapide ou si son père approuvait sincèrement. Pas le temps de s'y attarder ; la partie vraiment difficile, c'était de convaincre ses parents de partir pour Brighton — pour être hors d'atteinte quand les sbires de Huntley reviendraient.

— Pourquoi Brighton ? a demandé le père d'Anne.

— Pourquoi pas ? a suggéré Anne. Il y a tant d'endroits à visiter, et j'entends dire que les bâtiments dessinés par John Nash sont une merveille du monde moderne.

— Je suis reconnaissant et heureux que vous vouliez épouser la fille, a dit son père, mais nous expédier ainsi me paraît indûment précipité. Je ne suis peut-être plus dans le même monde qu'avant, mais je ne crois pas que cela se fasse, pas avant que vous soyez réellement mariés.

La réalité a frappé Frederick en plein ventre. Il n'y avait

aucun moyen de les faire partir avant qu'ils ne soient unis légalement, ce qu'il avait bien l'intention de faire, mais les malfrats seraient là en quelques jours.

— Alors je vais obtenir une licence spéciale et nous nous marierons demain, si cela vous convient ?

C'était le seul moyen de les amener à accepter de quitter Penge House, et, pour être juste, il aurait dû y penser plus tôt.

Cour rapide comme l'éclair, mariage précipité, et deux jours plus tard, Frederick et sa charmante épouse ont fait signe au revoir aux parents Sloane qui partaient pour Brighton.

— Maintenant, occupons-nous de mon frère, a dit la toute nouvelle Lady Anne, désormais comtesse Penge, en rentrant à l'intérieur.

— Il n'est pas là-dedans, a dit Frederick, avec l'impression d'avoir accompli plus en une semaine que dans toute sa vie jusque-là.

— Ne me dis pas qu'il est dans quelque tripot quelque part ?

— Ton frère panse actuellement ses plaies tandis qu'il met le cap sur Liverpool. Je lui ai pris une place pour New York ; à lui de la prendre ou non. S'il a une once de bon sens, il la prendra.

La morosité a envahi Anne. — Il est tout aussi probable qu'il attrape une fièvre sur le navire, ou qu'il perde le peu d'argent qu'il lui reste dans une partie de cartes avant même de toucher terre.

— S'il le fait, ce sera à lui de régler le problème. J'ai fait tout ce que je pouvais pour apurer ses dettes en Grande-Bretagne ;

tout ce qu'il contractera à partir d'aujourd'hui ne regardera que lui.

— Je ne te remercierai jamais assez et pourtant je me sens si dure, à l'abandonner ainsi. Anne ne pouvait pas se résoudre à écarter George avec une telle désinvolture. Cela jetait déjà une ombre sur leur vie conjugale avant même qu'elle ne commence.

— C'est mon frère et je l'aime de tout mon cœur. S'il est mauvais en finances, ce n'est pas sa faute ; on ne lui en a jamais donné l'occasion d'apprendre.

— Ton père non plus.

Anne a ressenti la remarque comme un coup. — C'est sévère.

— Et la vérité. Pour ce que ça vaut, je doute que ton frère soit meilleur aux cartes pour avoir été élevé en fils de comte dès le berceau. Moi aussi, je suis déplorable aux cartes, mais j'ai évité ce genre d'engagements. C'est peut-être aussi pour cela que je n'ai jamais réussi à trouver ma place.

— C'est un tel gâchis, a acquiescé Anne. Elle a regardé le visage attristé de son mari. Ils venaient de se marier ; ils devraient être heureux. — Comprends, je te suis terriblement reconnaissante pour tout ce que tu as fait, et pourtant je me sens si misérable…

— J'espérais que mes efforts te rendraient heureuse.

— Oui, ils m'ont rendue heureuse, a confirmé Anne. Je suis si soulagée que tu aies remis les choses en ordre. Et pourtant, en même temps, j'ai l'âme si lourde. Comment pourrions-nous être heureux ensemble quand notre histoire est si mêlée de malheur ?

— C'est donc ça qui t'inquiète, ma chérie ? dit Frederick en lui prenant la main et en couvrant des lèvres les petites bosses de ses phalanges. — Des bourbiers comme le nôtre, ça se traverse ; et nous nous en sommes sortis. Regarde comme nous sommes forts tous les deux.

— Je ne me sens pas forte, dit Anne, le visage assombri. — Qu'est-ce qu'on fait maintenant ? On attend que Huntley et sa bande nous tombent dessus ?

— Il nous reste encore un jour avant que ça n'arrive. Une teinte rosée a coloré ses joues. — Je ne vois pas bien comment nous occuper jusque-là.

Au milieu de la nuit, des bruits à l'extérieur ont réveillé Anne et Frederick. Ça devait être Huntley, s'est-elle dit, tandis que ses yeux s'habituaient à l'obscurité.

Pour un voleur et une canaille, il faisait beaucoup de bruit.

Ils se sont habillés en hâte et se sont rendus à la place d'Anne sur le palier. Frederick l'a serrée contre lui, puis l'a embrassée avec passion.

— Tout ira bien ; nous serons bientôt quittes de tout cela, a-t-il chuchoté.

Il était vraiment courageux, malgré ses dires contraires.

— Reste ici, a-t-il dit ensuite.

— Je serai muette comme une tombe, a-t-elle assuré.

Il a grimacé.

Ah... probablement pas la métaphore qu'il fallait à cet instant.

— Pardon, ma chérie.

Frederick a acquiescé, l'a encore embrassée, puis il est descendu l'escalier vers le bureau du comte. Le plan, c'était qu'il l'attende là jusqu'à l'arrivée de Huntley, puis qu'il « s'oc-cupe de lui » d'une manière ou d'une autre. Anne n'avait aucune idée de ce qu'il entendait par là, mais il était si sûr de lui quand il le lui expliquait plus tôt dans la journée que ça devait marcher.

Une lueur jaune est apparue dans le couloir — signe que Frederick venait d'allumer une bougie sur le bureau.

Anne a prié en silence :

— S'il te plaît, que ça marche, s'il te plaît, que ça marche.

Elle s'est concentrée sur les sons, puisqu'elle ne pouvait rien voir sans se pencher davantage au-dessus de la rampe — et cela trahirait sa présence.

Des pas ont résonné dans le couloir du fond : des voyous entraient dans Penge House par l'arrière.

Beaucoup trop de pas. Huntley n'était pas seul ! Comment prévenir Frederick de ce qui se passait ?

D'autres voix, des hommes qui se disputaient à voix basse. Des bottes lourdes ont commencé à gravir l'escalier en marmonnant des jurons !

Cette voix sonnait étrangement comme—

— Anne ! a soufflé l'homme, stupéfait. — Par tous les diables… ?

— Tais-toi, George ! Tu vas tout gâcher ! a-t-elle sifflé entre ses dents. Que faisait donc son frère ici ?

— Qu'est-ce qui traîne ? a crié un homme d'en bas.

Tétanisée de peur, Anne n'a rien dit.

George s'est ressaisi et a continué d'avancer, la dépassant tout droit tout en répondant :

— Juste une marche pourrie, Huntley ; tout l'endroit s'écroule sur nos têtes ! a-t-il lancé. — Je te le laisse bien volontiers ! a-t-il ajouté d'un ton sarcastique.

Même dans le noir, Anne a fermé les yeux très fort. Avec ces quelques mots, George a tout expliqué pour elle — et pour tous ceux qui pouvaient se trouver dans la maison. Avec un peu de chance, Frederick entendait l'échange lui aussi. C'était bien Huntley qui venait d'entrer, et George allait lui remettre le titre de propriété du domaine !

Ils étaient encore plus fichus qu'elle ne le pensait.

Les dettes de George étaient-elles vraiment si énormes, au point d'avoir mis en jeu leur maison familiale ? À Noël dernier, ils ont reçu le plus incroyable héritage, et tout allait être perdu avant le prochain !

Envoyer Maman et Papa au loin était bel et bien un excellent plan — un plan qu'elle espérait ardemment avoir au moins réussi à mettre à exécution, et ils se reposaient à présent dans cette ville, totalement inconscients de ce qui se passait ici. Son frère n'était manifestement pas en route pour Liverpool. En cet instant, il redescendait les marches, une feuille de vélin pliée à la main. Le titre de propriété de Penge House !

Huntley a commencé à monter vers lui ; chaque marche le rapprochait d'Anne.

Si elle disait quoi que ce soit, elle se trahirait. Désespérée, elle a lancé le pied juste au moment où George passait. Elle a heurté sa botte et l'a envoyé s'étaler dans les dernières marches. George a poussé un cri en trébuchant. Huntley a fait de même quand George lui est tombé dans les bras, les projetant tous deux en bas de l'escalier.

Un craquement écœurant a rempli le hall. Quelqu'un devait s'être cogné la tête contre le sol. Mais qui ?

Dans l'obscurité, Anne a penché la tête au bord de sa cachette et a distingué la forme des deux hommes, effondrés l'un contre l'autre au pied de l'escalier.

Un troisième homme se tenait tout près, une batte de

cricket à la main. Devait-elle l'appeler ? Et s'il s'agissait d'un autre intrus et non de Frederick ?

— Anne, tu as mal ? a dit l'homme à la batte.

Son cœur s'est allégé, même dans la pénombre.

— Ça va, chéri. George va bien ?

— Quoi ? L'un d'eux, c'est George ?

— Oui, et l'autre, c'est Huntley.

Frederick a juré, de quoi faire rougir Anne.

— J'ai balancé la batte en espérant seulement toucher. Je ne voulais pas blesser ton frère.

— Un coup de main ? a croassé George d'une voix étouffée.

Sortant de sa cachette, Anne a dévalé les dernières marches et s'est jetée vers son frère, qui semblait coincé sous Huntley.

— Ça va, mon frère ?

— Tu m'as fait trébucher ! a-t-il accusé.

— Oui, j'étais désespérée de t'empêcher de donner la maison.

— Je ne donnais pas la maison. Je lui remettais un faux. Il n'aurait découvert la ruse que plus tard. J'ai même ajouté des rubans et de la cire pour faire illusion.

Frederick a appuyé la batte contre le mur et a aidé à dégager Huntley de son beau-frère.

George s'est tâté pour voir s'il avait quelque chose de cassé et il s'est rendu compte qu'il était seulement incroyablement endolori, mais sain et sauf.

— Hé, pourquoi as-tu appelé le laquais « chéri » ?

— Frederick et moi, nous sommes mariés maintenant, a dit Anne en conduisant son frère et son mari à la cuisine, où ils pouvaient allumer des bougies et vérifier plus précisément s'ils avaient des blessures.

— Je me suis tenu à l'écart des alcools forts pendant une

semaine et je dois encore être hébété, a dit George. — Tu as épousé notre laquais ?

— Oui, elle l'a fait, a dit Frederick en tendant la main pour serrer celle de George. — Nous avons pas mal de choses à te raconter, mais d'abord, il faut régler le cas Huntley.

— Oui, en effet, a dit Huntley en s'appuyant contre l'encadrement de la porte. D'une main, il tenait un pistolet ; de l'autre, il se frottait l'arrière du crâne.

Anne, George et Frederick se sont figés sur place.

CHAPITRE DIX

Frederick gardait les yeux sur Huntley tout en se plaçant lentement devant son épouse depuis à peine un jour.

— Vous n'avez pas besoin d'en arriver là, mon bon monsieur, a-t-il dit, en essayant de le raisonner.

Frederick a laissé une bougie allumée dans le cabinet de travail pour inciter Huntley à y entrer, où il l'attendait avec la batte. Mais Huntley a dû voir le bureau vide et il n'y est pas entré. Alors Frederick a suivi le bruit des pas et il a attendu dans l'ombre pour lui asséner un coup.

Après le craquement et la chute, il a cru que tout était fini, et il a stupidement appuyé la batte contre le mur parce qu'il a cru avoir mis l'homme K.-O. Cette batte était leur seule arme, et elle se trouvait maintenant bien hors d'atteinte, derrière Huntley, avec son pistolet.

C'était difficile à dire, mais à la lueur des bougies, leur agresseur avait quelque chose de livide. Huntley a retiré la main de sa tête, montrant une sacrée quantité de sang sur sa paume. L'homme a marmonné :

— Voilà pourquoi ça me semblait chaud.

Frederick a saisi l'occasion de le calmer.

— Vous semblez saigner abondamment. Laissez-moi soigner votre plaie.

Il a fait un pas de plus, en espérant de toutes ses forces qu'Anne et George resteraient raisonnables et bien à l'arrière, dans la cuisine. Il n'osait pourtant pas quitter Huntley des yeux, donc il ne pouvait pas en être sûr.

— Restez où vous êtes, a ordonné Huntley. — Pas de gestes brusques.

Le cœur battant de peur, Frederick était reconnaissant que ce drôle n'ait pas tiré. S'il continuait à lui parler, il pouvait empêcher le coup de partir. Garder Huntley occupé, retenir son attention. Anne et George pouvaient s'échapper par la trappe de service.

— Nous allons tous faire exactement ce que vous direz. Mais voyons votre blessure d'abord, voulez-vous ?

— Tu m'as cueilli avec une fichue batte de cricket ! a accusé Huntley.

Il a pointé l'arme sur la poitrine de Frederick.

— Qui l'eût cru, le petit Fetch en était capable. Mais je vais devoir te tuer maintenant. Pas seulement pour le coup, mais pour ta totale déloyauté ! Je trouverai où tu as planqué la vraie argenterie. Et ce titre ne vaut pas le papier sur lequel il est écrit. Le pire joueur du monde, lord George.

Zut, Huntley avait compris.

Une voix de femme a retenti. — Ce n'est plus un pair.

Que faisait Anne encore ici ?

— Je ne suis plus pair ? C'était la voix de George.

Il était encore là, lui aussi ? Avaient-ils donc le moindre bon sens ?

Frederick s'est retourné et a vu qu'ils se tenaient exactement au même endroit. — Pourquoi n'êtes-vous pas sortis par l'arrière ?

George avait l'air complètement perplexe. — Pourquoi je ne suis plus pair ? Qu'est-ce qui est arrivé au titre familial ?

— C'est fini, a interrompu Anne. — Tout est fini. On vend tout pour régler les dettes que tu as accumulées. Celles de Père aussi.

Cette dernière précision était une nouvelle pour Frederick.

George ne semblait pas en mesure d'absorber l'information. Après avoir secoué la tête, il a demandé : — Père avait des dettes ?

Le visage d'Anne a pris une teinte furieuse. — Oui, des dettes terribles. Ils l'ont chassé du club et ils ont engagé des poursuites contre lui. Il a perdu son siège à la Chambre des lords et tout le reste. Je les ai renvoyés à Nettlefield en attendant que tout se tasse. Je t'ai dit qu'il y avait beaucoup à rattraper. Voilà ce qu'on manque quand on est abruti par l'alcool—

— TAIS-TOI ! a hurlé Huntley, faisant un pas en avant.

Dans un geste désespéré, Frederick s'est jeté devant Huntley. Plusieurs choses se sont produites en même temps. Frederick a glissé par terre en essayant d'attraper le pistolet, et il l'a manqué. Le coup est parti, a heurté quelque chose de métallique et a résonné dans la cuisine. George et Anne ont poussé un cri tous les deux. Huntley a trébuché sur Frederick et a heurté le sol comme un sac de pommes de terre.

Quand le vacarme s'est calmé, la voix douce d'Anne a demandé : — Est-ce que quelqu'un est blessé ?

— Je crois que je suis indemne, a avoué Frederick. Maintenant que le coup était parti, il n'était plus aussi dangereux. Il l'a retiré de la main de Huntley et l'a lancé de l'autre côté de la cuisine. Puis il est allé vers Anne et a serré tendrement sa femme, cherchant des blessures. — Tu es sûre que tu n'as rien, mon amour ?

— Je…, a-t-elle commencé, puis elle a fondu en larmes. — Je t'aime tellement. J'ai cru que j'allais te perdre et… et… tu as été incroyablement courageux et… Elle n'a pas terminé sa phrase et elle s'est laissée aller aux sanglots.

George s'est éclairci la gorge. — Moi aussi, je suis indemne.

Anne a essuyé ses larmes et son rire a empli la pièce. Qu'il était bon de l'entendre rire de nouveau, après tant de périls.

— Je ferais bien de vérifier que Huntley est vraiment K.-O. cette fois, a-t-il dit, embrassant encore Anne avant de retourner vérifier l'état de son ennemi juré.

George y était déjà. — Il n'est pas seulement K.-O., je ne pense pas qu'il se relèvera un jour.

Il s'est déplacé vers le bureau et a pris la bougie pour examiner de plus près. À la lueur jaune, la peau de Huntley paraissait maladive. Derrière lui s'étendait une épaisse traînée sombre et luisante sur le sol, et une grande flaque au pied de l'escalier.

George s'est relevé et a rajusté sa veste. — Faut-il prévenir les autorités ou quelque chose dans ce genre ?

— Oui, oui, il le faut, a approuvé Frederick. Huntley avait beau être un ennemi, il méritait de la dignité. Ou était-ce sa propre culpabilité, d'avoir causé la mort d'un homme, qui parlait pour lui ? — Occupons-nous de ça.

Anne était dans le couloir et elle leur a lancé : — Où est le pommeau de la rampe ?

— Le quoi ? a demandé George, tandis que lui et Fetch sortaient dans le couloir.

— Le voilà, au fond du couloir, a dit Anne en désignant les recoins sombres de la maison. — Comment s'est-il détaché ?

— J'ai dû le heurter en lui tombant dessus, a dit George.

— Attendez, a dit Frederick. Il avait la bougie, et il s'est dirigé vers l'endroit où il avait laissé la batte de cricket. Il y avait une marque couleur griotte bien visible sur la face du saule. À la faible lumière, on pouvait la prendre pour du sang, mais elle tirait plus sur la terre d'ombre brûlée que sur le rouge et elle était d'un ton proche du reste du bois de la balustrade.

— Est-ce que j'ai manqué sa tête et décroché le pommeau à la place ?

La batte avait heurté quelque chose de solide. Il avait cru que c'était la tête de Huntley. Pendant quelques affreux instants, lorsqu'il s'en était servi pour la première fois, il s'était inquiété d'avoir frappé George par erreur. Il faisait sombre, et tout s'était passé en même temps.

— Tu ne l'as pas tué, finalement, a dit Anne. — Il est tombé et il s'est cogné la tête tout seul.

— Enfin, je lui suis tombé dessus, a dit George. — Accordez-moi au moins ça, je vous prie.

— C'est moi qui t'ai fait trébucher au départ, a taquiné Anne. — J'aimerais qu'on reconnaisse ma part dans sa chute.

— Rivalités fraternelles mises à part, a dit Frederick, il semble bien qu'il y ait beaucoup de sang. Comment est-ce possible après une chute à plat ?

Personne n'avait de réponse. Anne a rapporté plusieurs autres lampes à bougie dans le couloir pour ajouter de la lumière. Le bas de sa jupe s'est accroché à quelque chose sur le sol, et un net bruit de déchirure a retenti.

— Qu'est-ce que c'est ? a demandé Fetch, se penchant vers le sol avec une bougie pour mieux voir — mais en veillant aussi à ne pas mettre le feu aux vêtements de sa femme. — Grand Dieu ! Regardez ça.

Il y avait un interstice dans le plancher. Dans l'obscurité, ce n'était pas facile à voir. Dans cet interstice, une fine fourchette en argent était coincée, ses dents pointées vers le haut.

— Comment est-ce arrivé là ? a demandé George.

— Tu as dû la laisser tomber en volant l'argenterie de la famille, a répliqué Anne.

— Quoi qu'il en soit, j'ai le sentiment que si elle se trouvait là, c'était à cause de Huntley, et non rangée et comptée avec le reste de l'argenterie. Soit un de ses sbires en a pris une poignée et en a laissé tomber une en hâte en pillant les lieux, soit…

Anne a posé ses bougies restantes et a pris la main de Frederick dans la sienne. La seule chose dans sa vie qui s'était déroulée sans la moindre fausse note.

Le ton d'Anne l'a apaisé. — Ce n'était pas ta faute. C'était un accident. Tu n'as tué personne.

— Mais je l'ai frappé avec—

— Non ! Anne a levé la main pour le faire taire. — Tu as décapité la balustrade, pas la brute.

— On dirait que tout cela tient à un peu de malchance, a dit George en ricanant à la lueur des bougies. — La seule fois où ma veine de malheur s'est révélée utile.

— Ce n'est pas drôle, a dit Frederick, tenaillé par la culpabilité. — Un homme est mort ici, et c'est de ma faute.

— Allons, mon chéri…, a commencé Anne.

— Ne me ménage pas. Si je n'avais pas été si lâche au départ, j'aurais tenu tête à mon père, et rien de tout cela ne serait arrivé. C'était entièrement de sa faute, il en était absolument certain.

Le ton d'Anne ne souffrait aucune réplique. — Cela veut dire que nous ne nous serions jamais rencontrés. Sans Huntley, tu n'aurais pas montré ton courage ni sauvé ma vie des chevaux emballés.

George l'a interrompue. — Qu'est-ce que c'est que cette histoire de chevaux ?

Anne a ri. — Mon cher frère, nous avons énormément de choses à rattraper.

Des gémissements sont venus de la cuisine, ce qui les a tous surpris. La masse informe qui gisait par terre était sur ses pieds, appuyée contre l'embrasure pour se soutenir. — Désolé d'interrompre.

Frederick a poussé un cri de surprise en voyant Huntley, bien vivant. Il était vivant ! Ils ne l'avaient pas tué ! Malgré tout, il s'est placé entre Anne et le colosse pour protéger sa bien-aimée.

— J'ai mal à la tête. Qu'est-ce qui s'passe ? a dit Huntley.

— Bienvenue au club, a ajouté George.

ÉPILOGUE

Décembre 1819

Le vent froid hurlait à travers les arbres dénudés à l'extérieur de Penge House.

À l'intérieur, des brins verts de houx et de gui décoraient les murs et les embrasures de porte.

Le parfum du vin chaud emplissait les pièces.

Anne souriait pour elle-même tandis que le feu vif flambait dans l'âtre. Le domaine bourdonnait d'allées et venues. Certains arrivaient pour le thé, d'autres s'emmitouflaient et sortaient après leur déjeuner. Elle se tenait près du bahut, où le registre des réservations était ouvert sur une page entièrement couverte d'une écriture indiquant les noms et le nombre de convives pour chaque table.

Maman jouait du piano pendant que Papa chantait. Une combinaison peu commune que les autres clubs de souper n'of-fraient pas. Et bien plus économique que d'engager un orchestre. George divertissait les gentlemen célibataires au porto et aux cigares dans l'ancien bureau de Papa. En passant devant, Frederick a jeté un rapide coup d'œil à ce qui se passait.

— Pas de jeu ? a demandé Anne.

— Oh si, ils jouent bien, a dit Frederick, mais George, non, alors on ne devrait pas perdre trop.

— S'il te plaît, garde—

— Un œil sur lui ? Bien sûr, a-t-il répondu.

Frederick s'est rapproché d'Anne, puis il l'a attirée contre lui.

Ils se sont embrassés rapidement et chaleureusement, pour ne pas scandaliser les invités avec leurs effusions en public. C'était si difficile de ne pas se toucher.

Ils n'avaient pas à craindre de prolonger leur baiser, car de lourds pas ont résonné du fond du hall.

C'était Huntley, les bras chargés de bûches sèches et un large sourire aux lèvres.

— Très bien, mon brave. Empilez le bois à côté du feu, a dit Anne.

— Il y en a assez là-dedans pour nous mener jusqu'à Noël de l'année prochaine, a dit Frederick.

Anne a acquiescé.

— Je sais, mais ça lui donne l'impression d'être utile.

— Il est bien plus doux avec les chevaux ces temps-ci, a dit Frederick.

Ils ont volé un autre baiser avant de reporter leur attention sur leurs invités.

— Joyeux Noël, mon amour, a dit Frederick.

Anne l'a embrassé de nouveau avec tout l'amour qu'elle avait en elle et a dit :

— Joyeux Noël, Monseigneur.

DU MÊME AUTEUR

COURS COMPLIQUÉES

Romans d'amour doux et courts sur la Régence

1. Un Marquis Déguisé

2. Comte Surprise

3. Un Trésor pour Mlle Penhurst

4. La Détermination D'acier de Mlle Remington

5. Le mariage, écrit-elle

6. Tous les chemins mènent aux Earls

7. Sa tentation de Noël

PAS SOUS MA SURVEILLANCE

(titre provisoire)

Nouvelle série de romans d'amour

1. Amoureux en fuite

Une nouvelle série de romans d'amour plus longs mettant en scène des mariées en fuite et des sauvetages in extremis, parfois alors que la mariée est sur le point de descendre l'allée !

NUITS CHAUDES

des romans même régence courts et sexy

1. Week-end chez le baron

À PROPOS DE L'AUTEUR

Ebony Oaten aime l'histoire, mais n'aime pas la vivre.

Elle est particulièrement reconnaissante de ne pas avoir vécu à l'époque de la Régence, car elle serait probablement morte dans son enfance à cause de l'asthme, ou d'une maladie horrible comme la diphtérie. Dans le cas improbable où elle aurait atteint l'âge adulte, elle aurait probablement été une laveuse de vaisselle ou une humble domestique, car elle « parlait trop et ne faisait pas attention » puisque le diagnostic du TDAH n'avait pas encore été inventé.

www.ebonyoaten.com

facebook.com/EbonyOaten

threads.com/@ebony_mckenna

www.ingramcontent.com/pod-product-compliance
Lightning Source LLC
Chambersburg PA
CBHW022114050726
47591CB00002B/789